Der Cid

Das altspanische Heldenlied

W0342178

ÜBERSETZUNG
VON FRED EGGARTER

ANMERKUNGEN UND NACHWORT
VON ALFRED THIERBACH

PHILIPP RECLAM JUN. STUTTGART

Spanischer Originaltitel:
Cantar de Mĭo Cid

Umschlagabbildung:
Frontispiz der anonymen »Coronica del cid ruy diaz«,
Sevilla 1498

Universal-Bibliothek Nr. 759

Satz: Wilhelm Röck, Weinsberg
Druck und Bindung: Reclam, Ditzingen
Printed in Germany 2001

ISBN 3-15-000759-3

I

Die ersten Blätter der einzigen Handschrift des spanischen Heldengedichts vom Cid sind verlorengegangen. Über die Vorgänge, die sie aller Wahrscheinlichkeit nach behandelten, gibt die »Crónica de Veinte Reyes« Auskunft.

Der König Don Alfonso schickte Ruy Díaz, meinen Cid, aus, um den Tribut einzutreiben, den ihm die Könige von Córdoba und Sevilla alljährlich zu zahlen hatten. Almutamiz, der König von Sevilla, und Almudafar, der König von Granada, waren zu jener Zeit tief verfeindet und haßten sich auf den Tod. Auf der Seite Almudafars, des Königs von Granada, waren damals die folgenden reichen Spanier, die ihm beistanden: der Graf Don García Ordóñez und Fortún Sánchez, der Schwiegersohn des Königs Don García von Navarra, und Lope Sánchez ... und jeder dieser Edelleute half Almudafar mit seiner Macht, und sie zogen gegen Almutamiz, den König von Sevilla.

Als der Cid Ruy Díaz erfuhr, daß sie gegen den König von Sevilla, der Vasall seines Herrn, des Königs Don Alfonso, und diesem tributpflichtig war, zu ziehen vorhatten, erzürnte er und grämte sich und schickte Briefe an alle, in denen er sie aufforderte, von diesem Zuge abzusehen und das Land von Sevilla nicht zu zerstören angesichts der Verpflichtungen, die sie gegenüber dem König Don Alfonso hätten. Wenn sie es unbedingt tun wollten, sollten sie dessen eingedenk sein, daß der König Don Alfonso seinen Vasallen nicht ohne Hilfe lassen könnte, da er sein Tributpflichtiger war. Der König von Granada aber und die Edelleute kümmerten sich überhaupt nicht um die Briefe des Cid und zogen gemeinsam mit aller Macht gegen den König von Sevilla und zerstörten ihm sein ganzes Land bis zum Schloß von Cabra.

Als der Cid Ruy Díaz das sah, sammelte er alle Streitkräfte, die er nur auftreiben konnte unter Mauren und Christen, und eilte dem König von Granada entgegen, um ihn aus dem Land des Königs von Sevilla zu vertreiben. Als der König von Granada und die Edelleute, die bei ihm waren, das erfuhren, ließen sie ihn wissen, daß sie um seinetwillen das Land nicht zu verlassen gedächten. Ehrlos fand es jetzt der Cid, noch umzukehren, und er zog ihnen entgegen und kämpfte mit ihnen auf offenem Felde. Von der dritten Stunde bis zum Mittag dauerte die Schlacht, die vielen Mauren und Christen aus den Reihen des Königs von Granada das Leben kostete. Der Cid besiegte sie und zwang sie, vom Schlachtfeld zu fliehen. Und der Cid nahm in dieser Schlacht den Grafen Don García Ordóñez gefangen, dem er ein Büschel seiner Barthaare ausriß, und dazu viele andere Ritter und von dem übrigen Volk so viele, daß sie nicht zu zählen waren. Drei Tage lang hielt der Cid sie gefangen, dann ließ er sie alle frei. Während er sie gefangenhielt, befahl er den Seinen, alles Hab und Gut aufzulesen, das auf dem Schlachtfeld geblieben war. Danach machte sich der Cid mit allen seinen Leuten und all den Reichtümern zu Almutamiz, dem König von Sevilla, auf den Weg. Er gab ihm und seinen Mauren alles, was sie als ihnen gehörig erkannten, und von dem Rest noch, was sie zu nehmen gewillt waren. Und von da an nannten Mauren und Christen diesen Ruy Díaz von Bivar »Cid campeador«, »den Tapferen«.
Almutamiz gab ihm darauf viele schöne Geschenke und auch den Tribut, um den er ausgezogen war ... Und der Cid kehrte mit all den Tributzahlungen zu seinem Herrn, dem König Don Alfonso, zurück. Der König empfing ihn sehr freundlich und freute sich über die Taten des Cid. Deshalb waren viele neidisch auf ihn und suchten ihm zu schaden und ihn und den König zu verfeinden ... Da der König sehr aufgebracht und sehr böse auf ihn war, glaubte er ihnen schließlich. Dann ließ er dem Cid durch Briefe sagen, daß er sein ganzes Reich verlassen solle. Als der Cid die Briefe

gelesen hatte, wollte er trotz des großen Kummers, die sie ihm machten, nichts dagegen unternehmen, denn er hatte nur eine Frist von neun Tagen, bis er das Königreich verlassen haben mußte.
Er schickte nach seinen Verwandten und seinen Knechten und sagte ihnen, daß der König ihm befohlen habe, sein Land zu verlassen, und daß er ihm als Frist nur neun Tage gegeben habe. Dann fragte er sie, wer von ihnen mit ihm ziehen und wer bleiben wolle.

1 »Wenn ihr mit mir reiten werdet,
mög Gott eure Treue lohnen.
Die zu bleiben sich entschließen,
bleiben mir in Gottes Namen.«
Nimmt das Wort der Ălvar Fănez,
Brudersohn des Cid war Ălvar:
»Alle werden Euch zur Seite
reiten, wohin Euch der Weg führt,
über Brachland, durch Gehege.
Keiner will den Cid verlassen,
nicht, solange wir am Leben.
Mit uns nehmen wir die Rosse,
unsre Esel, Euch zu dienen,
alles, was wir sonst besitzen,
auch was wir am Leibe tragen.
Euch zur Seite, Eure Knechte
bleiben wir, Eure Vasallen.«
Alle waren damit einig,
mit den Worten Ălvar Fănez'.
Froh dankt es der Cid den Treuen,
den Entschluß dankt er von Herzen.
Zog dann aus Bivar mit ihnen,
langsam ritten sie nach Burgos.
Ließen dort die starken Festen
– jetzt enterbt, verlassen – liegen.
Aus des Helden Augen tropften
traurig Tränen, und noch einmal

drehte er den Kopf. Noch einmal
schaut zurück der Cid zum Abschied.
Sieht die Türen leer und offen,
sieht die Klinken ohne Schlösser,
sieht die leeren Falkenständer
ohne Mäntel, ohne Hauben,
ohne Falken, die die Federn
sonst dort spreizten in der Sonne.
Cid Rodrigo seufzt, und Kummer
würgt ihn tief in seiner Kehle.
Langsam fängt er an zu reden,
ruhig und gerecht wie immer:
»Dank sei dir, mein Herr und Vater,
der du bist im Himmel droben!
Böse Feinde, mir zum Unheil,
haben diesen Trug geflochten.«

2 Und sie spornten ihre Rosse,
locker ließen sie die Zügel.
Als sie aus Bivar geritten,
war der Dohlen Flug zur Rechten.
Doch als sie nach Burgos kamen,
flogen Dohlen auf zur Linken.
Sieht der Cid das, zuckt die Achseln,
schüttelt seinen Kopf bedenklich,
sagt darauf zu Álvar Fáñez:
»Wie sie uns aus unsrer Heimat,
aus Kastilien, heute treiben,
so mit großen Ehren werden
eines Tags zurück wir kehren.«

3 Cid, mein Cid, Rodrigo Díaz,
ein zog er in Burgos' Mauern
und mit ihm an sechzig Lanzen.
Alle kommen, ihn zu sehen,
alle Männer, alle Weiber.
Recken sich aus allen Fenstern.

Viele Tränen sieht man glänzen.
Alle schmerzt das, was sie sehen.
Und da war nicht eine Stimme,
die es nicht zu sagen drängte:
»Welch ein edler Held! O Schöpfer!
Hätte der nur einen Herren,
auch so edel wie der Lehnsmann!«

4 Gerne gäben sie ihm Herberg.
Aber keiner will es wagen,
weil dem Cid der eigne König
großen Groll trug und ihm zürnte.
Noch die Nacht, gerade vorher,
war ein Schreiben angekommen,
eine Warnung, schwer versiegelt:
»Keiner soll dem Cid Ruy Díaz
Hilfe oder Herberg geben.
Soll es einer dennoch wagen,
muß er all sein Hab verlieren
und dazu noch seine Augen.«
Trugen großen Kummer darum,
waren es doch Christenleute.
Sie versteckten sich voll Schande,
wagten nicht einmal zu reden
mit dem Cid von ihrer Sorge.
Dieser wendet sich zur Herberg.
Findet dort das Tor verschlossen,
denn aus Angst vor seinem König
hat das Tor man stark verriegelt.
Will er sie nicht ganz zerbrechen,
bleibt die Türe fest im Eisen.
Die mit ihm gekommen waren,
riefen schon mit lauter Stimme.
Keine Antwort kam von innen.
Seinem Rosse drückt die Sporen
Cid Rodrigo in die Seiten,
sprengt bis an die hohe Pforte.

Klopft dort an die harten Bohlen.
Ganz umsonst. Es öffnet keiner.
Nur ein Mädchen von neun Jahren
stellt sich vor den Cid und sagt ihm:
»Campeador, rechtzeitig habt Ihr
Euch mit Eurem Schwert umgürtet.
Gestern kam ein böses Schreiben,
noch zur Nachtzeit und versiegelt,
ein Verbot: um keinen Preis Euch
zu bewirten, Euch zu nächten.
Müßten wir doch sonst verlieren
unser Hab und unsre Hütten,
selbst das Licht aus unsren Augen.
Nichts in unserm Leid gewinnt Ihr,
doch der Schöpfer mög Euch helfen,
Cid, mit allen seinen Kräften.«
Nachdem so das Kind gesprochen,
kehrt's zurück zu seinem Hause.
So war für den Cid Gewißheit,
daß von seinem Herrn und König
keine Gnade zu erwarten.
Bitter reitet er vom Tore
in die Stadt nach Sankt Marien,
dort erst schwingt er sich vom Rosse.
Hin kniet er auf feuchte Erde,
beten will er, zu erleichtern
sich das übervolle Herze.
Amen! Und aufs Roß gesprungen,
zog er rasch aus Burgos' Mauern,
überquerte auch den Fluß noch.
Vor der Stadt, in Sand und Brachland,
dort befiehlt er seinen Leuten,
Zelt und Lager aufzuschlagen.
Erst als alles fest und sicher,
steigt auch er aus seinem Sattel.
Cid Rodrigo, der so zeitig
sich mit seinem Schwert umgürtet,

steht in einer sandgen Wüste.
Keiner darf im eignen Hause
ihn, den Cid, willkommen heißen,
sind auch viele um ihn, viele
mit ihm, die ihn treu begleiten.
Nach dem Bann des Königs war es
auch verwehrt den guten Bürgern,
ihm noch Vorrat zu verkaufen.
Nicht für einen Silbergroschen,
nicht für einen einzgen Tag nur.
Keiner wagte es in Burgos.

5 Nur der gute Antolínez,
Martín hieß man ihn in Burgos,
treu wie keiner, bringt ihm dennoch
Wein und Brote, was er hatte.
Kann das Nötigste nur geben.
Dafür dankt der Cid von Herzen
und mit ihm, die bei ihm waren.
Hört nun Antolínez sagen:
»Cid, mein Cid, so wohlgeboren,
laßt uns ruhen diese Nacht hier,
für den Weg wolln wir uns stärken.
Ein Verfemter bin auch ich jetzt,
hab dem Bann ich doch zum Trotze
Dienste meinem Cid erwiesen.
Also wird auch auf mich fallen
Don Alfonsos Grimm und Rache.
Kann mit Euch jedoch ich fliehen
aus dem Lande, und lebendig,
hat mich noch als Freund zu lieben
eines Tages unser König.
Und wenn nicht, was hier zurückbleibt,
soll mich dann nicht weiter kümmern,
kümmern mehr nicht, als mich kümmert
eine trockne Feige, hängend
an verdorrtem, kahlem Aste.«

6 Sprach der Cid dann, der so zeitig
sich mit seinem Schwert umgürtet:
»Antolínez, tapfrer Krieger,
doppelt Lohn will ich Euch geben,
wenn ich selbst am Leben bleibe.
Doch mein Gold, mein Silber, Ritter,
ist verbraucht, nichts bleibt mir übrig.
Not ist es für meine Mannen,
müßt ich's mit Gewalt erlangen,
wenn's auf gute Art nicht angeht.
So will ich zwei Kasten bauen
und mit schwerem Sand sie füllen,
sie mit Leder dann beschlagen,
zugenagelt, fest verschlossen.

7 Rot das Leder, goldne Nägel.
Sucht mir Raquel auf und Vidas,
sagt den Juden, was geschehen,
daß der König mich verbannt hat,
daß man mir das Recht genommen,
einzukaufen, was mir nötig.
Meinen Schatz, weil er zu schwer ist,
kann ich jetzt nicht mit mir nehmen.
So will ich den Schatz verpfänden,
nach Gewicht und Maß, wie's recht ist.
Sollen kommen, wenn es dunkelt,
um die Truhen einzuholen,
daß es keiner merkt vom Volke,
um den Handel zu verraten.
Unser Schöpfer mag mich richten.
Not zwingt mich. Ich kann nicht anders.«

8 Was beraten, auszuführen
eilt sich Martín Antolínez.
Geht zur Stadt. Im Judenviertel
fragt nach Raquel er und Vidas.

9 Findet sie damit beschäftigt,
eifrig den Gewinn des Tages,
bis aufs Haar genau, zu zählen.
Spricht, um günstig sie zu stimmen:
»Liebe Freunde, sagt, wo seid ihr?
Möchte gerne mit euch reden,
im geheimen, wenn es sein kann,
mit euch beiden, liebe Freunde.«
Ohne lange nachzudenken,
waren beide einverstanden.
Setzten alle drei sich abseits.
»Liebe Freunde, Raquel, Vidas,
reicht mir eure Hand zum Zeichen,
daß ihr nicht verraten werdet,
was ich euch zu sagen habe,
und mit keinem davon redet.
Reich will ich euch machen, beide.
Ausgesorgt habt ihr für immer.
Unser Cid Rodrigo Díaz
ist geächtet und verstoßen.
Große Schätze bringt er mit sich,
die, versteckt, er sich zurückhielt.
Will behalten nur das Beste.
Mit dem Gold, dem allerfeinsten,
hat er angefüllt zwei Laden.
Wißt ihr doch, daß unser König
ihn aus seinem Reich vertrieben.
Seine Häuser, seine Burgen,
all sein Erbe muß er lassen.
Kann die Kasten auch nicht tragen,
denn sie würden ihn verraten.
So läßt er in euren Händen
sie als Pfand, die schweren Truhen,
leiht ihm dafür bare Münze.
Nehmt die Kasten und versteckt sie.
Doch vorher müßt ihr beschwören,
beide, nimmer sie zu öffnen,

durch ein Jahr von diesem Tag an.«
Zu beraten, steckten hastig
ihre Köpfe sie zusammen,
und dann sagten die zwei Juden
zu dem schlauen Antolínez:
»Etwas zu gewinnen haben
wir bei unsrem Handel nötig.
Wohl ist uns bekannt geworden,
daß man unsern Cid verbannt hat,
auch daß er im Maurenlande
reiche Schätze sich erworben.
Niemand schläft auf seinem Golde
ruhevoll und ohne Argwohn.
Diese Truhen, ja, wir nehmen
sie zu uns, sie zu verstecken,
und den Schatz soll keiner finden.
Doch, nun sagt: Was will der Cid denn?
Welche Summe will er haben?
Welche Zinsen will er zahlen?
Denkt, es ist ein ganzes Jahr lang.«
Listig sagt drauf Antolínez:
»Recht ist, was wir hier bereden.
Um in Sicherheit zu wissen
seinen Schatz, verlangt er viel nicht.
Viele Mannen sind jetzt mit ihm,
und bedürftig sind sie alle.
Für sie braucht er sechsmal hundert
Mark in Gold und Silber, eilig.«
»Soviel geben wir mit Freuden
für den Schatz.« Das ist die Antwort.
»Dunkel wird es schon und nächtig,
uns erwartet Cid Rodrigo.
Eilig braucht er jetzt die Gelder.«
»So ist es bei uns nicht üblich«,
hört er da die Juden sagen.
»Erst die Pfänder, dann die Zahlung.«
»Kommt nur mit mir, selber sollt ihr

mit Rodrigo einig werden.
Und die schweren Kasten fahren
wir zu euch dann, bis sie sicher
und an gutem Ort verborgen
hinter Schloß und Riegel warten.
Keiner darf dann um sie wissen,
weder Mauren noch die Christen.«
»Abgemacht, die Kasten bei uns,
sechsmal hundert Mark sind Euer.«
Hurtig reitet Antolínez.
Mit ihm reiten die zwei Juden.
Nicht zur Brücke, durch das Wasser,
daß sie keiner sieht in Burgos.
Schon beim Zelt des Cid Rodrigo
küssen sie ihm seine Hände.
Lächelnd grüßt er sie und sagt gleich:
»Raquel, Vidas, liebe Freunde,
habt ihr mich denn ganz vergessen?
Ich muß reisen, weil mein König
mich aus meinem Land vertrieben.
Doch zu euch. Von meinen Gütern
einen Teil will ich euch lassen,
und solang ihr beide lebet,
sollt ihr keinen Mangel leiden.«
Wieder küssen sie die Hände
unsrem Cid, zum zweiten Male.
Abgesprochen ist's mit Martín:
für die Laden zahlen bar sie
sechsmal hundert Mark in Münzen.
Wachen noch das ganze Jahr lang
über ihnen, wie versprochen.
Doch wenn sie die Truhen öffnen
vor der Zeit, so ist es Meineid,
keinen Silberling braucht ihnen
dann der Cid als Zins zu zahlen.
»Nehmt die Kasten eilig zu euch.«
Antolínez drängt, der Schlaue.

»Ich komm mit und hol die Gelder.
Weiterreiten muß Rodrigo,
noch bevor die Hähne krähen.«
Wie sie jetzt die Kasten heben,
freuen sich die beiden Juden.
Starke Männer sind sie beide,
trotzdem kostet es sie Mühe.
Den Gewinn, für sich, berechnen
leise lächelnd sie, zufrieden.
Alle beide, für ihr Leben
sind sie reich jetzt. Das ist sicher.

10 Um sie noch einmal zu küssen,
nimmt die Hand des Cid der Raquel:
»Cid, mein Cid, rechtzeitig habt Ihr
Euch mit Eurem Schwert umgürtet.
Mit Euch sei das Glück, Rodrigo,
nützlich Euch in fremdem Lande!
Zum Geschenk von Euch erbitt ich
einen Pelz von roter Farbe,
so wie ihn die Mauren tragen,
und die Hand will ich Euch küssen.«
»Sei es so«, spricht Cid Rodrigo.
»Eure Bitte sei gewährt Euch.
So ich kann, bring ich ihn selber,
diesen Pelz aus Maurenlanden,
und so nicht, die Truhen bergen
Geld genug, ihn Euch zu kaufen.«
Nehmen ihre Kisten mit sich.
Antolínez geht mit ihnen.
Zu der Juden Haus in Burgos
kommen sie ganz ungesehen.
Breiten dort in ihrer Kammer
einen Teppich aus und Leinen.
Einmal nur zählt Antolínez
die dreihundert Mark in Silber.
Ohne Waage traut er ihnen.

Und dann bringen beide Juden
noch dreihundert Mark von Golde.
Mit fünf Knechten füllt in Säcke
er das Geld. Als das getan ist,
hört man ihn den Juden sagen:
»Nun sind sie in euren Händen,
diese Laden. Redlich hab ich
zugeschanzt euch diesen Handel.
So, nach altem Brauch und Rechte,
kostet euch das ein Paar Hosen,
ein Paar gute neue Hosen.«

11 Das muß wieder überlegt sein.
Die zwei Juden sind sich einig.
Wollen ihm den Zins wohl geben.
Er hat zum Verdienst verholfen.
»Edler Krieger Antolínez,
ruhmbedeckter Burgalese,
Ihr habt es verdient. Die Hosen
geben wir Euch und dazu noch
eine Jacke, einen Mantel.
Dreißig Mark sollt Ihr bekommen,
dafür könnt Ihr alles kaufen,
seid Ihr uns im Handel Bürge.«
Antolínez neigt sich dankend,
nimmt das Geld, grüßt dann und reitet.
Schon liegt hinter ihm das Flüßchen.
Bald ist er beim Zelt Rodrigos.
Der empfängt mit offnen Armen
seinen Freund: »Mein Antolínez!
Möge Gott den Tag mir schenken,
wo ich Euch vergelten werde,
was Ihr heut für mich getan habt.«
»Gute Nachricht kann ich bringen,
sechsmal hundert Mark sind Euer,
dreißig habe ich gewonnen.
Eilt, das Lager abzubrechen!

Rasch gesattelt und zu Pferde!
Noch zur Nachtzeit laßt uns reiten.
In San Pedro de Cardeña
hören wir die Hähne krähen.
Eure edle Gattin wartet.
Hier ist unsres Bleibens nicht mehr,
denn die Frist geht bald zu Ende.«

12 Kaum gesprochen diese Worte,
war das Zelt schon abgebrochen,
und der Cid und seine Knechte
reiten wieder in der Dämmrung.
Seines Pferdes Nase wendet
er zuerst nach Sankt Marien.
Dann erhebt er seine Rechte,
macht mit ihr das Kreuzeszeichen:
»Dank sei dir, mein Gott im Himmel,
der die Erd und Sterne lenket!
Deine Hilfe, die erfleh ich,
ruhmesreiche Gottesmutter.
Hier verlaß ich meine Heimat,
wie der König es befohlen.
Wer weiß, ob in diesem Leben
ich sie einmal wiedersehe.
Eure Gnade sei von nun an
bei mir, Allergnadenreichste.
Eure Hilfe, Euer Beistand
Tag und Nacht. Erhört mein Flehen!
Ist es Euer Wille, Reine,
ist das Glück auf meiner Seite.
Reiche Schätze will ich stiften.
Eurem Bild auf dem Altare,
tausend Messen laß ich lesen,
ich, der Cid, Eur Schuldner ewig.«

13 Nahm so Abschied dann der Edle,
der aus freiem Willen Treue.

Wieder lösen sie die Zügel,
spornen wieder ihre Rosse.
Aber Martín Antolínez
sagt noch, eh sie weiterziehen:
»Nur mein Weib zu sehen, geh ich
einmal noch zurück nach Burgos.
Auftrag muß dem Weib ich geben,
Rat in dem, was sie zu tun hat
in der Zeit, die ich ihr fern bin.
Will der König mir mein Erbe
nehmen, soll mich das nicht kümmern.
Mit der Sonne bin ich bei Euch.«

14 Kehrt zurück nach Burgos eilig.
Und der Cid, der reitet weiter
nach San Pedro de Cardeña,
hart am Roßfell seine Sporen
wie die Reiter ihm zur Seite,
die ihm ihre Treue hielten.
Heute krähen früh die Hähne,
und das Krähn zerreißt das Dämmern.
Als das Kloster sie erreichen,
ist der Abt schon in der Messe,
auch die edle Frau Jimena
mit noch fünf von ihren Frauen.
Ihren heiligen Apostel
bitten sie und ihren Schöpfer:
»Du, der alle Sterne lenket,
sei du Stern dem Cid Rodrigo!«

15 Klopft es an die Klostertüre,
bringt von dem Ereignis Kunde,
von all dem, was vorgefallen.
Froh war da der Abt Don Sancho.
Licht und Kerzenflackern füllte
schnell den Hof. Von allen Seiten
grüßt den Cid man, und Abt Sancho

sagt: »Gott Dank! Seh ich Euch wieder
unter meinem Dach, zufrieden.«
Und der Cid: »Dank Euch, Don Sancho.
Euer Schuldner bin ich ewig.
Fünfzig Mark bring ich Euch heute,
würde gern noch mehr Euch geben,
doch für viele muß ich sorgen.
Für die Mannen fehlt mir Vorrat.
Jetzt, wo ich das Land verlasse,
kann ich dieses Gold nur geben,
doch sollt ich noch länger leben,
will ich das Geschenk verdoppeln,
denn um mich soll Euer Kloster
nicht den kleinsten Schaden leiden.
Hundert Mark geb für die Frau ich
und für meiner Töchter Heimstatt.
Zart, noch Kinder sind die Mädchen.
Nehmt sie doch in Eure Arme.
Euch will ich sie anvertrauen.
Schützt sie für mich, auch die Gattin.
Reicht nicht, was ich Euch gegeben,
brauchen mehr sie, gebt es ihnen.
Jede Mark, die Ihr mir auslegt,
vierfach will ich sie ersetzen
Eurem Kloster. Ich versprech es.«
Auch der Abt verspricht von Herzen,
was der Cid von ihm erbittet.
Mit den Kindern kommt Jimena
und die Frauen. Auf den Armen
tragen sie die kleinen Mädchen.
Vor den Cid hin kniet Jimena.
Tränen rinnen aus den Augen.
Will die rauhen Hände küssen.
»Gnade, Campeador, zu guter
Stunde wurdet Ihr geboren«,
sprach sie, »um der Bösen willen
seid Ihr aus dem Land verstoßen.

16 Seid uns gnädig, Cid, mein Gatte,
Cid, mit Eurem langen Barte,
seht mich liegen Euch zu Füßen.
Mit mir bitten Eure Töchter,
sind noch jung an Jahren beide,
zarte Kinder, kleine Mädchen.
Auch die Frauen, die mir dienen.
Weiß ich doch, mein Cid, jetzt sicher,
daß Ihr müßt von dannen reiten,
daß wir uns hier trennen müssen,
bei lebendgem Leibe trennen.
Gebt uns Euren Rat noch einmal,
Herr, bei unsrer heilgen Jungfrau.«
Aus streckt er die rauhen Hände,
Cid, der mit dem langen Barte,
nimmt voll Liebe in die Arme
die zwei Töchter, drückt ans Herz sie,
denn er liebt sie beide innig.
Und mit Tränen in den Augen
seufzt der Cid aus tiefster Seele:
»Edle Frau, mein Weib Jimena,
Euch wie meine Seele lieb ich.
Ihr seht selbst, daß es so sein muß.
Nötig ist, Euch zu verlassen.
Ihr bleibt hier zurück, ich gehe.
Bittet Gott, die heilge Jungfrau,
daß ich noch mit eignen Händen
unsre lieben Töchter beide
eines Tages kann vermählen.
Diesen Segen zu erleben,
gebe Gott mir noch die Kräfte.
Euch, geliebter Gattin, will ich
dienen dann den Rest der Tage.«

17 Reichlich wird der Tisch bereitet
für den Cid. Die Glocken läuten.
Laut schallt es durch ganz San Pedro.

Durch Kastilien läuft die Kunde:
Aus dem Lande geht Ruy Díaz.
Ihre Häuser lassen diese,
andre, was sie sonst besitzen.
An dem Tage, auf der Brücke
überm Fluß, der Arlanzón heißt,
hundertfünfzehn Reiter sammeln
sich in aller Eile. Alle
fragen laut: »Wo ist er?« Rufen:
»Wo ist unser Cid Rodrigo?«
Kommt zurück auch Antolínez,
trifft mit ihnen dort zusammen.
Nach San Pedro de Cardeña!
Auf! Sie reiten alle zu ihm,
ihrem Herrn, dem Cid Rodrigo,
der in guter Stund geboren
und von Sternen auserwählt ist.

18 Als mein Cid erfahren hatte,
wie sein Heerbann sich vermehrte,
zu empfangen, die gekommen,
ritt er eilig, und das Lächeln
kehrt zurück in seine Züge.
Denn erfreulich war der Anblick.
Alle Männer kommen zu ihm,
seine Hände ihm zu küssen.
So wie immer, immer gütig,
sprach der Cid zu seinen Treuen:
»Heute bitt ich unsern Vater,
unsern Herrn im Himmel bitt ich,
daß er mir die Gnade schenke,
zu vergelten eines Tages,
eh ich sterbe, eure Treue,
allen, die ihr Erbe heute
für mich, den Verbannten, lassen.
Und was heute ihr verliert hier,
sei verdoppelt eines Tages.«

Wie die Schar wuchs, das zu sehen
rührt den Cid und freut sie alle,
die bereit, mit ihm zu reiten,
bei der Brücke sich versammeln.
Von der Frist, die ihm gestellt ist,
sind sechs Tage schon vergangen.
Nur drei Tage bleiben nun noch,
bis die Frist ihm abgelaufen.
Ihn durch Späher zu bewachen,
hat der König anbefohlen.
Sollte er noch nach drei Tagen
in des Königs Land verweilen,
dürfe man um keinen Preis ihn
aus dem Land entfliehen lassen.
Schon neigt sich der Tag, die Nacht kommt,
da befiehlt der Cid den Seinen,
fertig sich um ihn zu scharen.
»Hört mich, Männer, jetzt«, so sagt er,
»es soll euch nicht weiter kümmern,
daß jetzt meine Habe klein ist,
redlich soll ein jeder von euch
seinen Teil an ihr bekommen.
Merkt auf das, was ich noch sage:
Sobald uns das Frühlicht leuchtet
und der Hahn zu krähn sich anschickt,
eilt euch, rüstet euch und weilt nicht
und laßt eure Pferde satteln.
Wenn die Glocken in San Pedro
unser Abt zur Messe läutet,
wird er dort noch eine Messe
der Dreifaltigkeit uns lesen.
Dann ist unsre Zeit gekommen.
Weite Wege liegen vor uns.«
So wie es der Cid befohlen,
werden es die Seinen halten.
Nacht ist bald zu End. Es taget.
Hähne krähn zum zweiten Male,

und schon satteln sie die Rosse.
Hastig läuten auch die Glocken.
Rufen schon zur heilgen Messe.
Und der Cid und seine Gattin
gehn im Dämmern hin zur Kirche.
Auf die Stufen des Altares
wirft sich seine Frau Jimena,
bittet ihren Schöpfer innig,
ihren Mann ihr zu beschützen.
»Schütz den Cid vor allem Bösen.
Herr, mein Vater, der im Himmel
droben wohnet! Ruhmesreicher,
der geschaffen Erd und Himmel
und das Meer am dritten Tage,
Mond und Sterne und die Sonne,
die uns wärmt und die uns leuchtet.
Du, der du zu Fleisch geworden
in der Jungfraumutter Leibe,
der in Bethlehem geboren,
wie es deine Weisheit wollte,
wo mit seinen Lobgesängen
dich das Hirtenvolk verehrte
und drei Kön'ge aus Arabien,
dich zu ehren, anzubeten
kamen, Weihrauch, Gold und Myrrhen,
ihrer Demut Zeichen brachten.
Du, der du gerettet Jonas,
als er in das Meer gefallen,
und den Daniel von den Löwen,
hast du, Herr, errettet gnädig.
Auch Sebastian, den Heilgen,
hast du dort in Rom begnadet
und befreit von falschem Zeugnis
unsre heilige Susanna.
Hast gewandelt zweiunddreißig
Jahre du auf dieser Erde
und gewirkt so viele Wunder,

deren Kunde uns erreichte.
Und zu Wein hast du das Wasser,
Stein hast du in Brot verwandelt.
Nur durch deinen Willen gabst du
totem Lazarus das Leben.
Ließt dich fangen von den Juden
und ans Kreuz von ihnen schlagen
mit zwei Räubern auf dem Berge.
Einer durfte von den beiden
mit dir ein ins Paradies gehn,
das dem andern blieb verschlossen.
Noch ans Kreuz geschlagen, tatest
du ein Wunder an Longinus,
blind war er, sah nie die Sonne.
Als er dich mit seiner Lanze
stach dort, ihm an ihrem Schafte
Blut entgegenrannte, netzte
dieses ihm die beiden Hände.
Als er eine davon aufhob,
das Gesicht mit ihr berührte,
öffneten sich ihm die Augen.
Alles sieht er und erkennt er.
An dich glaubte er von Stund an
und ist so vom Leid errettet.
Nach drei Tagen aus dem Grabe
konntest du dann auferstehen,
und zur Hölle fuhrst du nieder
nach dem eignen, freien Willen.
Ihre Tore hast zerbrochen
du, befreit vom Grab die Heilgen.
Aller Kön'ge bist du König,
bist der Vater du des Weltalls.
Dir allein gilt all mein Glaube,
dich nur bet ich an und bitt ich
aus der Tiefe meines Herzens.
Den Apostel Petrus rufe
ich als Beistand im Gebete.

Schütz den Cid vor allem Unheil!
Wie wir hier uns heute trennen,
so vereine uns auch wieder!«
Noch ein Amen dem Gebete,
und die Messe war zu Ende.
Aus dem Gotteshause strömen
sie, zum Reiten fertig jeder.
Reicht den Arm der Frau der Cid noch,
und Jimena küßt den Gatten,
ihre Augen voll von Tränen,
kann sie doch nichts tun als weinen.
Seiner Kinder Antlitz wendet
er zu sich, um sie zu sehen
einmal nur noch voller Kummer.
»Unsrem Herrn ich euch befehle,
unsrem Vater dort im Himmel.
Trennen wir uns, weiß nur er es,
ob wir uns noch einmal sehen.«
Alle Augen hielten Tränen,
niemals sah man solches Weinen.
Wie ein Nagel sich vom Finger
schmerzvoll löst, so war die Trennung.
Unser Cid und seine Treuen
schwingen sich auf ihre Pferde.
Schon im Sattel, wartend, weilen
seine Blicke noch. Den Kummer
zu vertreiben, sagt der Fáñez:
»Unter gutem Stern geboren,
laßt, mein Cid, den Mut nicht sinken.
Laßt uns an den Weg nur denken.
Das, was ist, ist nicht zu ändern.
Daß die Trauer sich von heute
morgen uns zur Freude wende.
Gab der Gott uns eine Seele,
gibt er uns auch, sie zu heilen.«
Noch einmal mahnt er Don Sancho,
zärtlich doch für sie zu sorgen,

für Jimena und die Kinder.
Guten Lohn dafür verspricht er.
Da der Abt sich nochmals wendet,
spricht zu ihm der Álvar Fáñez:
»Seht Ihr mehr noch, die uns suchen,
dann zeigt ihnen unsre Spuren.
Sei's im Brachland, im Gehege,
können leicht sie uns dann finden.«
Locker lassen sie die Zügel,
und die Schar beginnt zu reiten
aus dem Reiche Don Alfonsos.
Ihre Frist ging bald zu Ende.
Diese Nacht noch kam Rodrigo
nach dem Ort Can Espinazo,
und noch viele stießen zu ihm,
um dem Zug sich anzuschließen.
Andern Tages früh am Morgen
weiter reiten sie zur Grenze.
Jetzt verläßt er seine Lande,
unser Cid Rodrigo Díaz.
Läßt zur Seite San Esteban
liegen, dieses gute Städtchen,
zieht er dann durch Alcubilla,
dort ist schon Kastiliens Grenze.
Wird die Straße von Quinea
überqueren und den Duero
kreuzen nahe Navapalos.
Ruft zur Rast in Figueruela,
wo mehr Volk von allen Seiten
kommt, um sich bei ihm zu bergen,
unter ihm und seiner Fahne.

19 Cid Rodrigo legt zur Ruhe
sich, als es zu dunkeln anfängt,
und kaum schließt er seine Augen,
senkt schon süßer Schlaf sich auf ihn.
Einen Engel sieht im Traum er,

sieht Sankt Gabriel erscheinen.
Der sagt zu ihm: »Reitet immer
frohen Mutes, ritt doch niemals
einer unter bessern Sternen!
Guter Cid, der Herr ist mit Euch.
Er begleitet Euch durchs Leben!«
Als der Tapfere dann aufwacht,
schlägt er froh des Kreuzes Zeichen.

20 Er bekreuzigt Stirn und Wangen
und befiehlt dem Herrn sein Leben.
Froh bedenkt er das Geträumte.
Und am Morgen ziehn sie weiter,
denn es ist der allerletzte
Tag der Frist, die ihm gegeben.
Weiter reiten sie zur Sierra
de Miedes, dort zu ruhen.
Rechts von ihrem Lager sehn sie
klar die Türme von Atienza,
diesem Ort in Maurenhänden.

21 Noch war es am hellen Tage
und die Sonne noch am Himmel,
als zur Musterung des Heeres
den Befehl der Campeador gab.
Frohen Mutes waren alle.
Ohne Fußvolk, nur die Reiter,
zählte er dreihundert Lanzen,
jede führte eine Fahne.

22 »Schüttet zeitig auf den Hafer«,
sagt der Cid, »und Gott sei mit euch.
Der, der essen will, der esse.
Der nicht hungrig, in den Sattel!
Heute kreuzen wir die Sierra,
die unwegsam und sehr groß ist.
Unsres Königs Reich, das lassen

jetzt wir hinter uns. Wer danach
uns noch finden will, muß eilen.«
Kreuzen in der Nacht die Sierra.
Abwärts geht der Weg am Morgen,
jetzt schon über runde Almen.
Noch inmitten des Gebirges,
das so wunderbar und groß ist,
läßt der Cid zur Rast anhalten,
läßt die Pferde ruhn und grasen.
Macht dann allen deutlich, daß er
denkt, die Nacht noch durchzureiten.
Alle sind bereit, wie immer.
Was der Herr befiehlt, das tun sie
immer treu und ohne Murren.
Ehe noch die Nacht heraufkommt,
sind sie schon zu Pferde wieder.
So will es der Cid, daß keiner
wissen kann, wohin sie reiten.
Reiten so die ganze Nacht durch
ohne Rast und ohne Weile,
bis dahin, wo Castejón liegt,
nah dem Wasser des Henares.
Seinen Feinden eine Falle
will der Cid mit seinem Heere
dort im Hinterhalt bereiten.

23 Wie ihm riet der Álvar Fáñez,
liegt der Cid die ganze Nacht durch
dort im Hinterhalt verborgen.
»Campeador, rechtzeitig habt Ihr
Euch mit Eurem Schwert umgürtet,
Ihr mit hundert unsrer Männer
solltet hier die Nachhut stellen,
denn den Hinterhalt bereiten
wir für die von Castejón dann.
Mir als Vorhut gebt zweihundert,
anzugreifen. Sieg und Beute

ist mit Gott und Glück uns sicher.«
Sagt der Cid: »Gut, Álvar Fáñez!
Geht voraus, ich will hier warten!
Mit Euch gehe Salvadórez,
Álvar Álvarez soll auch gehn
und der tapfere Garcíaz.
Diese drei erprobten Lanzen
solln mit Euch, Minaya, reiten.
Kühn voraus und ohne Sorge!
Haltet Euch bei Hita abwärts,
kommt dann nach Guadalajara,
schließlich selbst bis Alcalá noch.
Und von diesem Streifzug sichert
Euch auch gute, reiche Beute.
Laßt zurück, aus Angst vor Mauren,
nichts, was uns noch nützen könnte.
Ich, mit hundert, die bei mir sind,
bleib als Nachhut an dem Flusse
und bewache Castejón hier,
das uns festen Schutz und Rückhalt
bieten kann, wenn es uns not tut.
Solltet in Gefahr Ihr kommen,
auf so vorgeschobnem Posten,
schickt mir nur davon die Nachricht,
denn hier bin ich, stets entschlossen,
Euch in allem beizustehen.
Und ganz Spanien soll es wissen,
wie wir eng zusammenhalten.«
Schon sind ausgewählt die Krieger,
die dem Zuge sich gesellen,
die auch, die beim Cid verbleiben.
Schon zerreißt das Nachtgewölke,
Morgen kommt, mit ihm die Sonne,
die jetzt herrlich, strahlend aufsteigt.
In dem Städtchen Castejón auch
steht man auf, und ihre Lager
lassen alle. Öffnen Türen,

jeder geht an seine Arbeit.
Sie bestellen ihre Felder.
Dort und da sieht man die Leute.
Alle sind sie ausgeflogen,
Tür und Tore blieben offen.
Von dem Volk in Castejón bleibt
nur ein kleiner Teil im Orte.
Leer sind Gassen und die Plätze,
weit verstreut sind alle andern.
Das benützt der Cid, rasch bricht er
jetzt hervor aus dem Verstecke.
So umzingelt, überrascht er
Castejón, das ganz entvölkert
und von Menschen leer und still ist.
Mauren und die Maurenweiber,
die ihm noch begegnen, fängt er.
Auch das Vieh, das er beim Grasen
dort im Vorland findet, nimmt er.
Cid Rodrigo, ohne Zögern
hält sich gradenwegs zum Tore.
Die bestellt, es zu bewachen,
und von dort den Heerbann sahen,
flohen voller Angst und ließen
auch das Tor verlassen, offen.
Nur hineinzutreten braucht er,
unser Cid, Rodrigo Díaz.
Führt in seinen starken Händen
seine nackte Klinge, tötet
fünfzehn Mauren, die den Weg ihm
nutzlos zu versperren trachten.
So erobert Castejón er
mit viel Gold und vielem Silber.
Schon sieht seine Reiter kommen
er, mit Beute schwer beladen,
die sie ihrem Führer bringen,
der den Tand nicht weiter würdigt.
Und die Vorhut, die zweihundert,

mit den dreien, die sie führen,
stürmen ohne Halten vorwärts,
plündern Haus und Hof und Felder.
Ja, bis selbst nach Alcalá hin
weht die Fahne des Minaya.
Dort dann wendet sich der Heerbann,
zieht hinauf am Fluß Henares,
weiter nach Guadalajara.
Alle führen reiche Beute.
Bringen Schaf- und Rinderherden,
schöne Kleider, andern Reichtum.
Und Minayas Fahne flattert
froh und stolz in allen Winden.
Auch nicht mehr in ihrem Rücken
wagt man sie jetzt anzugreifen.
So, mit Schätzen reich beladen,
kehrt die Schar zurück zum Lager.
Jetzt sind sie in Castejón dort,
wo der Cid sie schon erwartet.
Burg und Wall läßt er bewachen,
und dann geht er mit den andern,
die ihm seine Fahne führen,
dem Minaya froh entgegen.
Seine Arme ausgebreitet,
so empfängt er den Getreuen:
»Seid willkommen, Álvar Fáñez,
Ihr, die mächtigste der Lanzen.
Als ich Euch von dannen ziehn ließ,
war mit Euch all meine Hoffnung.
Unsre Beute, Eure, meine,
legen wir zusammen, davon
ist der fünfte Teil der Eure,
ist es Euch so recht, Minaya?«

24 »Dank von Herzen, Cid Rodrigo!
Von so reicher Kriegesbeute
dieses Fünftel würde reichlich

selbst Kastiliens König lohnen.
Aber ich mag es nicht nehmen,
bleiben wir nur trotzdem Freunde.
Und an dieser Stelle schwör ich,
schwöre es bei Gott im Himmel:
Bis mir alles Reiten leid ist,
alles Kämpfen mit den Mauren,
selbst der Sieg auf freiem Felde
mit der eingelegten Lanze
und das Schwert in meinen Händen,
bis am nackten Ellenbogen
mir das Blut nicht mehr hinabrinnt,
will ich von Euch, Cid Rodrigo,
keinen Silberling annehmen.
Bis mir selber eines Tages
eine meiner Taten würdig
scheint, in Eure Hände gebe
ich bis dahin diese Beute.«

25 So, was sie an Beute machten,
alles blieb auf einem Haufen.
Der das Schwert zur rechten Stunde
umgegürtet, er bedachte,
daß bald Häscher kommen könnten
von dem König in Kastilien,
um ihm und den Seinen allen
Leid und Schaden zuzufügen.
So läßt er die Beute teilen,
und er läßt genau berechnen,
wieviel jedem davon zusteht.
Reichlich Lohn wird seinen Rittern,
hundert Mark in Silber jedem.
Und die Hälfte davon, fünfzig,
kriegt ein jeder von dem Fußvolk.
Und den fünften Teil der Beute
nimmt mein Cid als seinen Anteil.
Keinem kann er ihn verkaufen,

und wem sollte er ihn schenken?
Sklaven oder Weiber wollte
unser Cid nicht mit sich nehmen.
Mit den Bürgern sprach er also,
schickt auch nach Guadalajara.
Will die Beute wiedergeben,
sie verkaufen an die Bürger.
An dreitausend Mark in Silber
bieten ihm die Mauren dafür.
Und der Cid ist es zufrieden.
Nach drei Tagen schicken sie ihm
diesen Preis, wie sie versprochen.
Gründlich hat er überlegt es:
Für ihn selbst und seine Mannen
ist zu klein die Feste. Sollte
er sich hier belagert finden,
bliebe er bald ohne Wasser.
»Frieden halten jetzt die Mauren,
unsre Briefe sind versiegelt,
aber bald wird hier uns suchen
König Alfons mit Gefolge.
Hört mich recht, Minaya, alle!
Ich will diesen Ort verlassen.

26 Was ich euch jetzt sagen werde,
sollt ihr mir nicht übelnehmen.
Hier ist für uns keine Bleibe.
Nahe ist uns Don Alfonso,
uns zu suchen, kommt er sicher.
Doch ich will die Burg nicht schleifen.
Hundert Mauren und den Weibern
will ich ihre Freiheit schenken
für das, was ich nahm. Sie sollen
schlecht von mir nicht denken, reden.
Seinen Teil hat von euch jeder
schon erhalten, leer geht keiner.
Morgen früh, im Morgengrauen

reiten wir von dannen, weiter.
Denn mit meinem Herrn und König
will und mag ich, Cid, nicht kämpfen.«
So sprach unser Cid, und allen
war es recht, was er gesagt hat.
Aus der Feste zogen alle,
voll die Taschen. Mauren, Weiber
preisen laut den Cid Ruy Díaz.
Seine Mannen den Henares
führt er aufwärts, und sie reiten,
was die Rosse laufen können.
Sie durchziehen die Alcarrias
weiter nach Anguitas Höhlen,
waten hurtig dann durchs Wasser
nach dem Felde von Taranz hin.
Abwärts jetzt und stets in Eile
läßt er dies Gebiet durchziehen.
Bei Ariza und Cetina
läßt das Lager er errichten.
Auf dem Zug macht er noch Beute.
Keiner von den Mauren wußte,
was der Cid im Schilde führte.
Schon am nächsten Tage bricht er
auf und zieht hin nach Alhama
und La Hez, dann weiter abwärts
nach Bubierca und Ateca,
und voraus liegt Alcocer schon.
Dort läßt er auf einem Hügel
lagern, um sich auszuruhen.
Der Jalón fließt in der Nähe,
dieses Wasser ist ihm sicher.
Alcocer will er erobern,
aus Bivar der Cid Rodrigo.

27 Dicht bevölkert ist der Hügel.
Zelte stehn fest aufgerichtet.
Eine Reihe schaut zur Sierra,

Front zum Wasser hat die andre.
Cid Rodrigo, der schon zeitig
sich mit seinem Schwert umgürtet,
läßt die Leute einen Graben
um den Hügel, nah am Wasser,
tief, so graben, daß er weder
sich bei Tage noch zur Nachtzeit
fürchten muß vor einem Angriff,
auch damit sie alle wissen,
wachsam ist der Cid, mit Vorsicht.

28 Boten gingen durch die Lande
mit der Nachricht, daß Rodrigo
dort im Maurenland sein Lager
aufgeschlagen hat. Der Christen
Land hat unser Cid verlassen.
Rundum wagen sie jetzt nimmer,
ihre Felder zu bebauen.
Dessen freut sich Cid Rodrigo,
weiß er doch, bald zahlt den Zins ihm
Alcocer, auch wider Willen.

29 Alcocer zahlt schon den Zehnten
meinem Cid, wie er voraussah.
Von Terrer und von Ateca
wird Tribut ihm auch gegeben.
Und schon zittern und schon zagen
in dem Ort Calatayud sie.
Volle fünfzehn lange Wochen
bleibt mein Cid in dieser Gegend.
Als er sah dann, daß die Feste
Alcocer noch nicht zu Fall kam,
rasch versucht er eine Finte.
Führt auch aus gleich, was er dachte:
Von den Zelten ließ er eines,
alle andern bricht er ab und
zieht flußabwärts den Jalón dann,

mit den Fahnen hoch im Winde.
Alle tragen Kettenhemden
und die Schwerter umgegürtet.
Diese List braucht Cid, die Mauren
in den Hinterhalt zu locken.
Sieht den Zug in Alcocer man
ganz beglückt, nichts Böses ahnend,
Brot und Hafer fehlt den Mannen,
Cid Rodrigo nahm die Zelte
mit sich, ließ nur eines, sagt man.
Fliehen, wie Besiegte fliehen.
Auf der Flucht, der Cid verläßt uns.
Wenn wir jetzt ihn überfallen,
machen wir noch große Beute,
noch bevor die von Terrer ihm
diese Beute abgewinnen.
Überfallen die zuerst ihn,
nichts ist für uns zu erjagen.
Was er uns an Steuern abnahm,
nehmen wir ihm zweimal wieder.
Strömen eilig und voll Einfalt,
aus der Festung Alcocer sie.
Sieht der Cid sie vor den Mauern,
flieht er weiter, wie geschlagen.
Stürmt flußabwärts mit den Seinen
am Jalón und im Galoppe.
Hin ist unsre Beute, sagen
voller Grimm in Alcocer sie,
und die Großen und die Kleinen,
sie beeilen sich jetzt noch mehr.
Habgier treibt sie, so verlieren
sie noch alle ihre Köpfe.
Weit sind ihre Tore offen,
und nicht einer ist im Turme.
Hinter sich schaut jetzt Rodrigo,
sieht das Feld bis zu den Mauern
offen und dreht seine Fahne.

Läßt die Sporen klirren, sagt dann:
»Ritter, wundet ohne Zaudern
sie mit eurer Lanzen Spitzen.
Unser ist, mit Gottes Hilfe,
jetzt der Sieg.« Verbissen kämpfen
nun die Christen mit den Mauren
auf dem weiten, offnen Felde.
Gott, wie groß ist ihre Lust doch
diesen Morgen an dem Kampfe!
Álvar Fáñez, Cid Rodrigo,
diese beiden sind ganz vorne.
Ihre guten Renner tragen
schäumend sie, wohin sie wollen.
Bis zur Burg den Weg, den kürzen
jagend sie, und ohne Gnade
schlagen sie und ihre Mannen
überall die Maurenscharen.
Auf so schmalem Felde sterben
an dreihundert, und laut schreien,
die sich in der Falle finden.
Wollen vorwärts, nach der Burg dann
drängen sie mit nacktem Schwerte.
Ganz umsonst, der Cid erreicht sie.
Diese Schlacht, sie ist geschlagen.
Unser Cid, mit einer Finte
Alcocer hat er genommen.

30 Kommt mit seiner Fahne einer,
Per Bermúdez, und am höchsten
Punkt der Zinne, die die Burg krönt,
rammt er diese. Sprach der Cid dann:
»Mit der Hilfe des Allmächtgen,
mit der Hilfe aller Heilgen,
durch des Himmelsvaters Gnade
haben sichre Herberg alle
Reiter jetzt und ihre Rosse.

31 Hört mich also, Álvar Fáñez,
alle, die noch mit mir reiten:
Haben wir die Burg genommen,
groß ist mit ihr unsre Beute.
Denn die Mauren sind geschlagen,
nicht mehr viele sind am Leben.
Diese Mauren, Maurenweiber
können wir hier nicht verkaufen,
wenig nützt auch, sie zu töten.
Sind wir hier doch jetzt die Herren,
sollen sie uns fürder dienen,
leben wir in ihren Häusern.«

32 Alcocer ist nun der Sitz für
meinen Cid mit seiner Beute.
Und er schickt nach jenem Zelte,
das allein erst in dem Lager
er zurückgelassen hatte.
Voller Grimm sehn das die Leute
von Terrer und auch von Teca,
während in Calatayud sie
sich erst recht darüber ärgern.
Zu dem König von Valencia
wollen sie die Klage senden,
daß der Cid Rodrigo Díaz,
einer, der verbannt, verfeindet
ist in scines Königs Landen,
Alcocer sich hat erobert.
Daß er sich mit einer Falle,
die er diesen Mauren stellte,
ihrer Burg bemächtigt habe.
Daß auch Teca und Terrer ihm,
wenn nicht Hilfe rasch zur Stelle,
machtlos ausgeliefert wären.
Und zum Falle sei verdammt auch
jetzt die Stadt Calatayud noch,
die sich nicht mehr retten könne,

käme Hilfe nicht beizeiten.
Und das Ufer des Jalón sei
auch so gut schon wie verloren,
auf der andren Seite werd es
so ergehen dem Jiloca.
Als Tamín, Valencias König,
diese böse Nachricht hörte,
schlich sich Angst in seine Seele.
Um ihn stehn drei Maurenkön'ge,
diese ruft er. Ohne Zaudern
schickt er zwei mit ihren Mauren,
an dreitausend, gut bewaffnet.
An der Grenze seines Reiches
werden sie Verstärkung finden.
»Nehmt mir diesen Cid gefangen!
Führt ihn zu mir, diesen Christen!
Fiel er mir in meine Lande,
hat er mir Tribut zu zahlen.«
Und so reiten die dreitausend,
reiten schneller, immer schneller,
noch in dieser Nacht zu rasten
in Segorbe. Und am Morgen
ziehn sie weiter bis nach Cella,
dort die nächste Nacht zu lagern.
Schicken Boten zu den Mauren
an der Grenze, sie zu rufen.
Schon sieht man von allen Seiten
diese kommen. Die von Cella,
das Canal man nennt, die ziehen
einen ganzen Tag in Eile.
So erreichen sie im Sattel,
ohne auch nur abzusitzen,
diese Nacht Calatayud noch.
Dort, wo sie vorbeigeritten,
hört man ihre Werberufe.
Leute, die von allen Seiten
kommen, einen sich mit ihnen.

Die zwei Kön'ge an der Spitze,
Galve heißen sie und Fáriz,
wollen Alcocer umzingeln,
wo das Lager meines Cid ist.

33 Ihre Zelte stellen fest sie
auf die ebne, harte Erde,
ihren Kriegsplan zu bereiten.
Und das Heer wird immer größer.
Haben mehr, als ihnen nötig.
Wachen sind gestellt, man sieht sie
allenthalben. Sie entgürten
sich der Waffen nicht am Tage,
nicht zur Nachtzeit, nicht im Schlafe.
Wachen, Mauren unter Waffen,
dort und da, auf allen Seiten.
Meinem Cid und seinen Mannen
schneiden sie die Wasserzufuhr
ab. Voll Wut schon will der Haufe
meines Cid zur Schlacht sich rüsten.
Doch der Cid weiß es zu hindern,
hat er doch in guter Stunde
sich mit seinem Schwert umgürtet.
Hielten unsern Cid belagert
dort mehr als drei gute Wochen.

34 Als die vierte Woche anfängt,
ruft der Cid die Seinen zu sich,
um mit ihnen Rat zu halten.
»Abgeschnitten ist das Wasser,
bald wird auch das Brot uns fehlen.
In der Nachtzeit zu entkommen,
das wird uns nicht mehr gelingen.
Groß ist jetzt die Macht der Feinde.
Sagt mir nun, getreue Ritter,
was wollt ihr jetzt unternehmen?«
Darauf sprach zuerst Minaya,

und sein Wort war allen wichtig.
»Haben sie aus unsrem Lande
uns vertrieben, aus Kastilien,
so, mit diesen Mauren müssen
wir um unser Brot jetzt kämpfen.
An sechshundert, vielleicht mehr noch,
sind wir. So, in Gottes Namen,
haben wir doch keine Wahl mehr,
morgen stelln wir uns zum Kampfe,
früh, im ersten Morgengrauen.«
Darauf spricht mein Cid zur Antwort:
»Wohlgesprochen, Álvar Fáñez.
Dieses Wort, es macht Euch Ehre,
ich hab es von Euch erwartet.«
Aus der Halle schickt die Mauren,
schickt die Weiber er, daß niemand
weiß und höre, was sie reden,
was sie dort geheim verhandeln.
Was vom Tage bleibt, die Nacht durch,
schlau bereiten sie den Ausfall.
Andern Tages, als man eben
kaum noch ahnt das Licht der Sonne,
ist mein Cid schon in den Waffen
und mit ihm, die bei ihm waren.
Das sind seine Worte, die er
zu den Seinen sagte, hört sie:
»Alle gehen wir. Daß keiner
mir zurückbleibt. Nur zwei Knechte,
die das Tor bewachen, bleiben.
Wenn wir draußen sterben müssen,
ist die Burg für uns verloren.
Wenn wir diese Schlacht gewinnen,
dann ist viel für uns gewonnen.
Ihr, mein guter Per Bermúdez,
Ihr sollt meine Fahne tragen.
Ihr seid ein getreuer Ritter,
werdet recht sie mir beschützen.

Hütet Euch nur vor der Eile,
hört Ihr mich nicht erst befehlen!«
Dieser küßt dem Cid die Hände
und nimmt dann daraus die Fahne.
Öffnen sich sogleich die Tore,
aus der Burg sie alle reiten.
Sehen das auch gleich die Wachen,
laufen rasch zu ihren Bannern.
Oh! Wie eilen sich die Mauren,
ihre Waffen umzugürten.
Ihrer Trommeln dumpfes Dröhnen
macht weithin die Erde zittern.
Um zu kämpfen, greifen Mauren
überall nach ihren Waffen.
An der Spitze ihres Heeres
sieht, vermischt mit den Standarten –
zahllos flattern sie im Winde –,
man zwei riesengroße Fahnen.
Jetzt beginnen vorzurücken
schon die Reihen dieser Mauren,
unserm Cid schon gegenüber
und bereit, um anzugreifen.
»Ruhig, liebe Freunde, ruhig!«
sagt der Cid, »daß sich mir keiner
jetzt von seinem Haufen löse,
bis ich selbst das Zeichen gebe.«
Doch der gute Per Bermúdez,
der kann sich nicht länger halten.
Seine Fahne in den Händen,
drückt er seinem Roß die Sporen
noch zu früh in dessen Weichen.
»Gott der Schöpfer, der sei mit Euch!
Mein getreuer Herr, Rodrigo!
In die Mitte Eurer Feinde
will ich Eure Fahne pflanzen,
und die dieser Fahne dienen,
alle werden mich beschützen.«

»Tut es nicht, bei unsrer Jungfrau!«
Per Bermúdez nur zur Antwort:
»Ich kann es jetzt nicht mehr lassen.«
Spornt sein Roß und stürzt schon vorwärts,
mitten in des Feindes Reihen.
Auf ihn warten dort die Mauren,
seine Fahne zu gewinnen.
Wenn sie gleich schon auf ihn schlagen,
sitzt er doch noch fest im Sattel.
Da befiehlt der Cid: »Auf, helft ihm!«

35 Schilde, die am Arme hingen,
heben sich am Gurt vors Herze.
Senken ihrer Lanzen Spitzen,
deren Quasten aufgewickelt.
Die Gesichter neigen tiefer
sich herab zum Sattelbogen.
So, das Herz voll Glut im Leibe,
sprengen sie dem Feind entgegen.
Der, der unter guten Sternen
einst zum Glück geboren, ruft noch,
ruft mit Donnerstimme: »Schlagt sie!
Schlagt sie mir um Gottes Liebe!
Folgt mir alle, folgt Ruy Díaz,
Campeador, der aus Bivar kommt!«
Alle drängen hin zur Stelle,
wo vom Feind umringt Bermúdez.
An dreihundert Lanzen blitzen,
jede Lanze eine Fahne.
Jeder von den Christenrittern
wirft dort einen Mauren nieder.
Flutet dann zurück die Menge,
an dreihundert Tote liegen
dort im Felde hinter ihnen.

36 Lanzen sah man steil sich recken,
sah man senken sich, so viele.

Viele Schilde sah man brechen
dort, durchstoßen und durchlöchert,
und so vielen Kettenhemden
wurde das Geflecht zerrissen.
Viele weiße Fahnen färbten
sich dort scharlachrot vom Blute.
Viele edle Rosse sprengten
ohne Reiter übers Schlachtfeld.
Und Mahoma und Santiago
rief man an im heißen Ringen.
Hingestreckt aufs Schlachtfeld fielen
tausend und dreihundert Mauren.

37 Oh! Wie gut schlug er sich neigend
über seinen Sattelbogen,
Campeador, mein Cid Rodrigo,
dieser treue, gute Ritter.
Und Minaya Álvar Fáñez,
der der Herr war von Zorita,
und der gute Antolínez,
Burgalese ohne Tadel,
auch Gustioz, der in den Diensten
meines Cid, dazu der Herr von
Mont Mayor, der Martín Muñoz,
Álvar Álvarez und Álvar
Salvadórez, auch Galín aus
Aragón, genannt Garcíaz.
Nicht fehlt Félez auch, der Neffe
meines Cid Rodrigo Díaz.
Außer den Genannten alle,
die mit diesen waren, standen
bei der Fahne Cid Rodrigos.

38 Dem Minaya Álvar Fáñez,
dem war dort das Roß erschlagen.
Ihm zu Hilfe kamen alle,
eilig, aus der Christen Scharen.

Als die Lanze ihm zerbrochen,
greift er nach dem Schwert. Obgleich er
nur zu Fuß kämpft, harte Schläge
teilt er aus nach allen Seiten.
Das sieht jetzt der Cid Ruy Díaz.
Sprengt zu einem Maurenführer,
der auf einem edlen Pferd sitzt.
Mit nur einem Schwertstreich schneidet
er entzwei den Mauren. Dieser
fällt so aus dem Sattel. Eilig
bringt der Cid das Pferd dem Freunde.
»Álvar Fáñez! Auf, zu Pferde!«
sagt mein Cid Rodrigo Díaz,
»meine Rechte wart Ihr immer.
Ich brauch Euch bei vollen Kräften
heut, denn fest sind unsre Feinde.
Wollen uns das Feld nicht räumen,
gut ist, nicht nur auszuhalten,
sondern wieder anzugreifen.«
Schon sitzt auf dem Roß Minaya,
wieder mit dem Schwert in Händen,
und umdrängt von vielen Mauren,
schlägt er sie nach allen Seiten.
Die sein Streich erreicht, des Todes
sind sie, und mein Cid Rodrigo,
dieser Kämpfer ohnegleichen,
schlägt dreimal ein mit dem Schwerte
auf den Maurenkönig Fáriz.
Er verfehlt ihn mit zwei Hieben,
doch der dritte trifft den Mauren,
daß das rote Blut hinabfließt
an den Spangen seines Panzers.
König Fáriz löst die Zügel,
aus dem Felde rasch zu fliehen.
So hat unser Cid mit einem
Schwertstreich seinen Sieg entschieden.

39 Und der gute Antolínez,
der versetzt dem König Galve
harte Streiche, daß vom Helme
rot sich die Rubine lösen
und zu Boden fallen, rollend.
Dann durchstößt den Helm die Lanze,
trifft das Fleisch mit ihrer Spitze.
Einen zweiten Streich, den will der
Maure gar nicht mehr erwarten.
Die zwei Kön'ge sind geschlagen.
Welch ein großer Tag für alle
Christen war es, als sie sahen
überall die Mauren fliehen
in Verzweiflung, da- und dorthin.
Und die Mannen Cid Rodrigos,
die sind ihnen auf den Fersen.
König Fáriz eilte fliehend
nach Terrer, sich dort zu bergen,
doch dem andern, König Galve,
wolln sie dort Quartier nicht geben.
So lenkt nach Calatayud hin
fliehend Galve seine Schritte.
Hinter ihm der Cid Rodrigo,
stets ihm nach, ihn zu erreichen,
folgt ihm selbst bis in die Stadt noch
ohne Rast für Roß und Reiter.

40 Mit dem neuen Roß zufrieden
ist Minaya Álvar Fáñez.
Vierunddreißig Maurenfeinde
hat er in der Schlacht erschlagen.
Soviel hat sein Schwert verwundet,
daß der Arm ihm noch voll Blut ist,
vom Gelenk zum Ellenbogen
tropft es noch an ihm herunter.
Sagt Minaya Álvar Fáñez:
»Jetzt fühl ich mich auch entschädigt,

weil die Nachricht bis Kastilien
laufen wird schnell wie im Winde,
daß mein Cid Rodrigo Díaz
in der Schlacht den Sieg errungen.«
Tot sind viele Maurenkrieger,
nicht mehr viele sind am Leben,
die, verfolgt noch ohne Gnade,
wird das Schicksal auch erreichen.
Kommen schon zurück die Reiter,
und mein Cid, zum Glück geboren,
sitzt auf gutem Roß im Sattel.
Seine Haube unterm Helme,
läßt den langen Bart im Winde.
Die Kapuze ganz aus Eisen,
die vom Kettenhemd zurückhängt
auf den Rücken, hat das Schwert er
noch in Händen, Cid Rodrigo.
Schaut zufrieden auf die Seinen,
die sich froh jetzt um ihn scharen.
»Gott im Himmel ich es danke,
daß wir diese Schlacht geschlagen
und für uns den Sieg errungen.
Dazu hat er uns geholfen.«
Ihrer Feinde Lager haben
seine Mannen ausgeplündert.
Soviel Schilde, soviel Waffen,
reiche Schätze dort gefunden.
Diesen Schatz des Maurenfeindes
haben sie gleich mitgenommen.
Außer diesen Schätzen waren
noch fünfhundert edle Pferde.
Unter allen Christen herrschte
große Freude, weil von ihnen
mehr nicht als nur fünfzehn fehlten.
Soviel Gold und Silber haben
sie, daß ihnen Säcke fehlen.
Reich mit der gewaltgen Beute,

die das Kämpfen ihnen brachte,
sind jetzt alle Christenreiter.
In die Burg zurück nun weisen
sie die Mauren, die am Leben,
und mein Cid in seiner Güte
sagt sogar, daß aus der Fülle
einen Teil man ihnen gebe.
Große Freude war's dem Cid und
all den Seinen, als die Gelder
und die Schätze man verteilte.
In dem fünften Teil, dem seinen,
bleiben mehr als hundert Pferde.
Und mit Zinsen noch bezahlte
seine Knechte Cid Ruy Díaz,
so das Fußvolk wie die Reiter.
Wußte es so einzurichten,
der zum Glücke war geboren,
daß zufrieden alle waren.
»Höret mich, Minaya Fáñez,
Ihr, der Ihr mein rechter Arm seid:
Von den Schätzen, die der Schöpfer
uns geschenkt hat, davon nehmt Euch,
was zu nehmen Euch nur recht ist,
nehmt es nur mit Euren Händen.
Ich will Euch ins Land Kastilien
jetzt mit diesem Auftrag schicken:
Von der Schlacht, die wir den Mauren
hier geschlagen und gewonnen,
unserm König von Kastilien,
meinem Herren Don Alfonso,
der mich aus dem Land verbannt hat,
dem will ich als Angebinde
diese dreißig Rosse schenken,
jedes Roß mit seinem Sattel,
mit den Riemen und dem Zaumzeug,
und an jeden Sattelbogen
soll man auch ein Schwert noch hängen.«

Darauf sagte Álvar Fáñez:
»Euch zuliebe geh ich gerne.«

41 »Schaut her, guter Álvar Fáñez,
dieses Gold, das feine Silber,
damit sollt Ihr bis zum Rande
mir noch diesen Stiefel füllen,
und in Sankt Marien zu Burgos
zahlt Ihr damit tausend Messen.
Was noch übrigbleibt Euch davon,
das gebt meinem Weib, den Töchtern.
Saget, daß sie für mich beten
Tag und Nacht. Bleib ich am Leben,
werden sie noch reiche Damen.«

42 Mit dem Auftrag von Rodrigo
war zufrieden Álvar Fáñez.
Fertig war schon das Geleite.
Hafer schütten sie den Rossen.
Als die Nacht beginnt zu dunkeln,
spricht der Cid noch mit den Mannen,
die mit ihm versammelt waren.

43 »Ihr geht jetzt nach meiner Heimat,
nach Kastilien. Allen Freunden
könnt ihr aufrichtig dort sagen,
daß wir hier mit Gottes Hilfe
eine gute Schlacht geschlagen.
Möglich ist, bei eurer Rückkehr
trefft ihr hier uns, wenn nicht, dort, wo
ihr vermutet, daß wir dann sind,
dorthin folgt uns gleich in Eile.
Wir verdienen uns das Leben
mit der Lanze, mit dem Schwerte.
Geht in diesem schmalen Lande
das nicht länger an, dann bleibt uns
übrig nichts als weiterziehen.«

44 Alles war schon vorbereitet.
Früh am Morgen geht Minaya.
Und zurück bleibt in der Festung
Cid Rodrigo mit den Mannen.
Unfruchtbar war diese Erde,
dort, wo sie ihr Lager hatten.
Alle Tage in der Nähe
spähten Mauren von der Grenze,
Fremde auch, die sie nicht kannten.
König Fáriz, der berät sie,
wieder heil von seinen Wunden.
Die von Teca und Terrer, auch
von dem Ort Calatayud die,
dem bedeutendsten von allen,
schließen mit dem Cid Verträge,
schriftlich und in einem Briefe,
um dreitausend Mark in Silber
Alcocer zurückzukaufen.

45 So verkauft mein Cid das Städtchen
Alcocer denn an die Mauren
und bezahlt so die Vasallen,
die beim Kampfe mit ihm waren,
seine Ritter, seine Knechte.
Alle, die in seinen Diensten,
sind jetzt reich. Da ist nicht einer,
der von ihnen arm geblieben.
Der, der einem guten Herren
dient, es gilt das Wort noch immer,
selig lebt der und in Freuden.

46 Als mein Cid Rodrigo Díaz
dann die Burg verlassen wollte,
die Gefangnen, Mauren, Weiber,
sie begannen laut zu klagen.
»Gehst du von uns, Cid Rodrigo,
das Gebet und unser Bitten

gehn mit dir, und dankbar bleiben
wir dir, Cid, der unser Herr ist,
der voll Gnade ist und Frieden.«
Als er Alcocer verlassen,
weinten alle laut und schluchzten,
Mauren und der Mauren Weiber.
Mit der Fahne hoch im Winde
zieht hinaus mein Cid Ruy Díaz.
Am Jalón, dem Flusse, abwärts,
weiter, vorwärts stets. Im Reiten
sieht den Vogelflug er wieder,
der ihm Gutes soll bedeuten.
Freude war es für Terrer und
Freude für Calatayud auch,
Alcocer doch ist voll Trauer.
Gerne mochten sie Rodrigo.
Der gibt seinem Roß die Sporen.
Immer nur den Weg lang, weiter,
bis er anhält bei dem Felsen,
der bei Monreal sich aufreckt.
Hoch war er und groß, der Felsen,
so gewaltig, uneinnehmbar,
ihn zu stürmen war unmöglich.
Und die Stadt Daroca zwingt er,
ihm fortan Tribut zu zahlen.
Von Molina, das am Ufer
jenseits liegt, will er dasselbe.
Teruel, der Städte dritte,
etwas abseits, soll auch zahlen.
Ebenfalls in seinen Händen
hat er Cella del Canal jetzt.

47 Gott schenk meinem Cid die Gnade!
In Kastilien ist Minaya.
Dreißig Pferde führt er mit sich,
sie dem Könige zu schenken.
Sieht der König die Geschenke,

lächelt freundlich er und sagt dann:
»Wer, bei Gott, gab her die Rosse,
Álvar Fáñez?« – »Cid Rodrigo«,
gibt zur Antwort der Minaya,
»den Ihr aus dem Land verbannt habt.
Schwert umgürtet hat Rodrigo
sich in guter Stund. Mit Schlauheit
hat er Alcocer genommen.
Darum hat ihm böse Botschaft
zugeschickt Valencias König.
Zu belagern ihn befohlen
und das Wasser ihm genommen.
Doch der Cid ließ Burg und Mauer,
stellt zum Kampf auf offnem Feld sich
und besiegt die Maurenführer,
zwei von ihnen, und die Beute,
die war reichlich. So, Euch, König,
unsrem Herren, den wir ehren,
schickt durch mich er diese Gabe.
Sagt durch mich, die Füße will er
küssen Euch und Eure Hände,
Eure Gnade so erbitten,
daß der Schöpfer Euch beschütze.«
Sagt darauf zu ihm der König:
»Den Verbannten, der die Gnade
ganz verscherzt hat, zu mir nehmen,
dazu ist es noch zu früh, doch:
Da sie von den Mauren herstammt,
nehme ich die Gabe freundlich,
froh, daß sie der Cid genommen.
Und vor allem: Euch sei jetzt schon
hier verziehen, und die Ehre,
Eure Länder gibt mein Wort Euch
hier zurück. Von dieser Stunde
geht und kommt, und meine Gnade
ist Euch sicher. Von dem Cid doch
kann ich mehr Euch noch nicht sagen.

48 Überdies, Minaya, will ich
dieses eine Euch noch künden:
Wer aus meinem ganzen Reiche
reiten will mit dem Rodrigo,
ihm mit Tapferkeit zu dienen,
mag so ohne Schaden handeln.
Seine Länder und Besitzung
will ich ihm nicht länger nehmen,
das versprech ich.« Álvar Fáñez
küßt dem König beide Hände.
»Meinen Dank Euch, Don Alfonso,
meinem König, meinem Herren.
Und: Versprecht Ihr das mir heute,
später tut Ihr sicher mehr noch.
Gott sei Dank für alles, was Ihr
für uns heute tut und immer.«
Sagt der König: »Álvar Fáñez,
lassen wir das, wie es sein will.
Reitet frei durch mein Kastilien.
Keiner soll es Euch verwehren.
Ohne Sorg um eine Strafe
könnt Ihr gehn, den Cid zu suchen.«

49 Nun will ich von dem erzählen,
der rechtzeitig sich gewaffnet.
Schon wißt ihr, daß auf der Höhe
er das Lager aufgeschlagen.
Und: Solang es noch ein Volk gibt,
Mauren oder Christenleute,
wird man in den Briefen diese
»Höhe meines Cid« noch nennen.
Während sich mein Cid dort aufhielt,
hat er manches Land geplündert.
Auch das ganze Tal des Flusses,
des Martín, Tribut muß zahlen.
Und selbst bis nach Zaragoza
lief wie Wind vom Cid die Kunde.

Solches freute nicht die Mauren,
war zuleide ihnen eher.
Fünfzehn Wochen war der Cid dort.
Allzulang weilt auf der Reise
schon Minaya Álvar Fáñez.
So, mit allen seinen Reitern,
macht der Cid sich auf zur Nachtzeit,
gibt die Höhe auf mit allem,
was er dort errichtet hatte.
Über Teruel hinaus dann
kam er zu dem Wald von Tévar.
Dort befahl er nun zu lagern.
Alles Land, wo er vorbeiritt,
war dem Cid schon unterworfen,
Zaragoza selbst bezahlte
den Tribut ihm ohne Zögern.
Als er alles das getan hat,
schon am Ende der drei Wochen,
kam zurück auch aus Kastilien
der Minaya Álvar Fáñez.
Kam mit noch zweihundert Reitern,
alle waren schwertumgürtet,
nicht zu zählen war das Fußvolk,
das das Reitervolk begleitet.
Kaum sieht unser Cid ihn kommen,
läßt er seinen Renner laufen,
um den Freund gleich zu umarmen.
Auf den Mund selbst küßt er diesen,
küßt ihm Augen und Gesicht auch.
Dieser alles ihm berichtet,
kann ihm nichts davon verhehlen.
Und mein Cid Rodrigo Díaz
hört's mit Lächeln an und sagt dann:
»Dank sei dir dort, Gott im Himmel,
und gepriesen deine Allmacht.
Solang Ihr nur lebt, Minaya,
wird es mir auch wohlergehen.«

50 Gott, wie fröhlich war der Haufe
der Verbannten, als Minaya
aus Kastilien kam mit Grüßen
von den Brüdern, den Verwandten
und von ihren Eheweibern,
die fern in Kastilien blieben.

51 Und, o Gott, wie fröhlich war auch
der, der mit dem krausen Barte,
als er von Minaya wußte,
daß in Burgos tausend Messen
er für ihn gerecht bezahlt hat.
Gute Nachricht jetzt zu wissen
von der Frau und von den Töchtern.
O mein Gott, wie Cid Rodrigo
sich da an der Freude sonnte.
»Möget Ihr noch lange leben,
Álvar Fáñez«, sagte Rodrigo.
»Ihr seid mehr wert als wir selbst sind.
O wie gut erfüllt der Auftrag!«

52 Länger weilet nicht Rodrigo,
der zu guter Stund geboren.
Mit zweihundert seiner Reiter,
die er selbst sich auserwählt hat,
reitet er die ganze Nacht durch.
Schwarzgebrannt läßt er zurück von
Alcañiz das Land und plündert
die Umgebung ohne Gnade.
Kehren um, am dritten Tage
sind sie dann zurück im Lager.

53 Nachricht lief rasch durch die Lande.
Von Monzón das Volk, von Huesca
ist voll Angst schon und voll Sorge.
Froh sind die von Zaragoza,
daß dem Cid Tribut sie zahlen,

brauchen so sich nicht zu fürchten,
keinen Angriff, keinen Schaden.

54 Die zurück ins Lager kommen,
bringen mit sich reiche Beute
und sind alle froh, weil diesmal
wieder sie so viel gewonnen.
Froh sind auch der Cid und Fáñez,
und es lächelt, kann's nicht fassen,
der Vortreffliche, Ruy Díaz:
»Ritter, klar will ich Euch sagen:
lebt man stets am selben Orte,
sieht man seine Habe schwinden.
Ich glaub, mit der Morgenröte
ist es Zeit für uns zu reiten.
Dann verlassen wir das Lager.
Weiter ziehn wir, immer weiter!«
Also bläst mein Cid zum Aufbruch,
steigt zum Paß von Olocau.
Eilt dann weiter, erst nach Huesa
und von dort nach Montalbán hin.
Mit dem Ziehn und Wiederziehen
sind zehn Tage schon vergangen.
Hin und her gehn die Gerüchte,
daß der Flüchtling aus Kastilien
großen Schaden angerichtet.

55 Übers Land lief rasch die Kunde,
auch der Graf von Barcelona
hatte bald davon vernommen.
Daß der Cid durch seine Lande
kreuz und quer lief, unbelästigt,
solches grämte schwer den Grafen,
als Beleidigung, so nimmt er's.

56 Dieser Graf, er war ein Wortheld.
Laut sagt er, voll Eitelkeiten:

»Tut er mir so große Schmach an,
dieser Cid, der aus Bivar kommt?
Selbst an meiner Sippe hat er
schwer beleidigt mich, und meinen
Brudersohn hat er verwundet,
diesen Schaden nicht entschädigt.
Land, das unter meinem Schutz steht,
das hat er jetzt ausgeplündert.
Habe ich herausgefordert
diesen Cid, Rodrigo Díaz?
Ich hab Freundschaft nicht gekündigt.
Er hat mich herausgefordert,
so nehm ich zurück die Freundschaft.«
Zahlreich sind die Kriegerscharen,
die zu helfen ihm bereit sind,
Christen sind es, und auch Mauren,
viele, die sich dort versammeln,
zu verfolgen Cid Rodrigo.
Durch drei Tage und drei Nächte
mußten sie in Eile reiten,
bis sie ihn erreichen konnten
in dem Pinienwald von Tévar.
Sind so viele, daß sie glauben,
mit den Händen ihn zu fassen.
Mit der Beute, die er mitführt,
steigt mein Cid Rodrigo Díaz
von den hohen Bergen nieder,
von der Sierra bis zum Tale.
Und dort wartet auf ihn Botschaft
von dem Grafen Don Ramón schon.
Schickt dem Grafen Nachricht wieder,
der sich schon zum Angriff rüstet.
»Sagt dem Grafen: Nicht verübeln
möcht er's, denn von seinen Gütern
nicht das kleinste Stückchen nehm ich.
Laß er mich in Frieden ziehen.«
Antwort gibt der Graf ihm darauf:

»Niemals, nie wird es geschehen.
Was er jetzt und was er früher
angetan mir, zahlen soll er's.
Dem Verfemten will ich zeigen,
wen er zu beschimpfen wagte.«
Und der Bote, der kommt wieder,
eilt zurück, so rasch er konnte.
Damit war es auch entschieden
für den Cid Rodrigo Díaz,
daß die Schlacht jetzt mit dem Grafen
er nicht mehr vermeiden konnte.

57 »Bringt in Sicherheit die Beute.
Gürtet rasch euch mit den Waffen.
Graf Ramón, der will uns liefern
eine große Feldschlacht heute,
denn von Mauren und von Christen
bringt er eine große Menge.
Und wenn wir uns nicht verteidgen,
läßt er uns um keinen Preis mehr,
wird uns folgen, wenn wir fliehen.
Hier ist also unser Schlachtfeld.
Zieht den Rossen ihre Riemen
fester an und seid gewappnet.
Unser Gegner kommt bergabwärts.
Alle tragen nur die Hosen,
und sie sitzen auf den Sätteln,
die zum Rennen gut. Die Rosse
tragen ihren Bauchgurt locker.
Wir, im schweren Reisesattel,
Stiefel über unsern Hosen,
mit nur hundert Reitern schlagen
wir des grimmen Feindes Haufen.
Noch bevor sie in die Ebne
kommen, zeigen wir die Lanzen,
und für jeden, den ihr wundet,
fallen drei aus ihrem Sattel.

Graf Ramón, er wird noch sehen,
wen er hier zu jagen dachte,
meine Beute mir zu nehmen
in dem Pinienwald von Tévar.«

58 Vorbereitet sind sie alle
nach dem, was mein Cid gesprochen.
Fest die Waffen in den Händen,
sitzen steil sie auf den Rossen.
Sehn die Franken abwärts stürmen.
In der Mulde eines Abhangs,
nahe schon dem flachen Lande,
gibt mein Cid Rodrigo Díaz
den Befehl, sie anzugreifen.
Und die Seinen folgen rasch ihm,
guten Willens und voll Eifer.
Ihre Fahnen, ihre Lanzen
wissen gut sie zu gebrauchen.
Schlagen Wunden dort, und diesen
werfen sie aus seinem Sattel.
Sieger bleibt in diesem Treffen,
der zu guter Stund geboren,
bleibt mein Cid. Und Graf Ramón selbst
geht gefangen aus der Feldschlacht.
Auch sein Schwert, genannt Colada,
hat mein Cid von ihm gewonnen.
Diese Waffe ist so prächtig,
daß sie tausend Mark wohl wert ist.

59 Diese Schlacht hat er gewonnen
seinem langen Bart zur Ehre.
Hat den Grafen auch gefangen,
führt ihn jetzt zu seinem Zelte.
Dort läßt er ihn gut bewachen
von dem treusten seiner Knechte.
Aus dem Zelt tritt er heraus dann,
und von allen Seiten kommen,

sammeln sich um ihn die Seinen.
Wieder war der Cid zufrieden,
wieder hat er viel gewonnen.
Meinem Cid Rodrigo Díaz
reiche Speise sie bereiten,
doch dem Grafen Don Ramón, dem
will nichts von den Speisen schmecken.
Von dem Besten, was sie bringen,
alles läßt er vor sich stehen.
Keine Speise will er essen,
alles sieht er mit Verachtung.
»Keinen Bissen will ich nehmen
von dem, was mir Spanien bietet.
Eher will den Leib verlieren
ich und dazu meine Seele.
Bin ich doch besiegt im Kampfe
von euch mit den schlechten Hosen.«

60 Und mein Cid Rodrigo Díaz?
Hört, was der zu ihm gesagt hat:
»Eßt, mein Graf, von diesem Brote!
Trinkt, mein Graf, von diesem Weine!
Wenn Ihr tut, was ich Euch sage,
sollt Ihr nicht gefangen bleiben.
Wenn nicht, dann den Rest des Lebens
sitzt Ihr fensterlos im Dunkel!«

61 »Eßt nur zu, Rodrigo Díaz,
und bemüht Euch nicht mehr länger.
Ich will meinen Tod erwarten,
keinen Bissen will ich kosten.«
So, noch länger als drei Tage,
bringen sie ihn nicht zur Einsicht.
Während sie die Beute teilen,
bringen sie ihm nicht zu essen
einen Bissen trocknen Brotes.

62 Endlich sagt zu ihm Rodrigo:
»Eßt, mein Graf, eßt nur ein wenig,
denn verweigert Ihr die Speise,
seht Ihr keinen Christen wieder.
Nehmt Ihr aber einen Bissen,
fühl ich mich dadurch entschädigt,
Euch, Graf, und noch zwei der Ritter
führe ich aus dem Gefängnis
eigenhändig in die Freiheit.«
Als der Graf die Worte hörte,
da begann sein Schmerz zu schwinden.
»Tut Ihr, Cid, wie Ihr versprochen,
werde ich den Rest des Lebens
nicht mehr aufhörn, mich zu wundern.«
»Also eßt, mein Graf, greift zu nur.
Und habt Ihr den Schmaus beendet,
Euch und zwei von Euren Rittern
werde ich die Freiheit geben.
Doch von dem, was Ihr verloren
und was ich gewonnen habe
in der Feldschlacht, Graf, versteht mich,
davon geb ich keinen Heller
Euch zurück, weil ich es brauche
für die Meinen, die mit mir sind.
So von Euch und andern nehmen
unsern Lohn wir. Das, solange
uns das Leben dauert, das uns
unser Vater, Gott, geschenkt hat.
Das ist der Verbannten Los, Graf,
die aus ihrem Land vertrieben.«
Don Ramón freut sich und bittet
um das Wasser für die Hände.
Augenblicklich bringt man höflich
Wasser, wie er es verlangt hat.
Mit den Rittern, die der Cid schon
vorher für ihn auserwählt hat,
ißt der Graf. O Gott! Wie ißt er!

So, als hätt er nie gegessen.
Und der Cid an seiner Seite,
aus Bivar der Wohlgeborne:
»Sollte Euch das Mahl nicht schmecken,
wär das freilich meine Schuld nur,
und wir beide müssen bleiben
hier beisammen und für immer.«
Sagt der Graf: »Ja, essen will ich,
guten Willens, und es schmeckt mir.«
Er und seine beiden Ritter
schlingen hastig, was sie können.
Und mein Cid, der ist zufrieden,
wie er sitzt und sie betrachtet.
Sieht den Grafen blitzschnell rühren
seine Hände wie zwei Spieße.
»Wenn Ihr, Cid, es uns gestattet,
möchten wir uns jetzt empfehlen.
Laßt uns unsre Pferde bringen,
im Galopp wolln wir nach Hause.
Seit dem Tag, wo ich zum Grafen
wurde, hab ich besser niemals
und mit größrer Lust gegessen.
Den Geschmack von dieser Mahlzeit
werde ich nicht mehr vergessen.«
Und sie gaben ihm drei Zelter,
alle drei mit feinen Sätteln,
gute Kleider, Pelze, Mäntel.
Zwischen seinen beiden Rittern
reitet Don Ramón zufrieden.
Bis zum Lagerausgang reitet
mit ihm höflich der Kastilier.
»Also, Graf, geht Ihr schon von uns
frank und frei. Ich bin Euch dankbar.
Euer Gold füllt meine Kasten.
Sollte es Euch eines Tages
durch den Sinn gehn, Euch zu rächen,
laßt mich Euer Kommen wissen.

Sicher werdet Ihr dann wieder
etwas bei mir lassen oder
auch von meinem Gut Euch nehmen.«
»Ruhig könnt Ihr darum schlafen.
Davor seid Ihr fürder sicher.
Was ich Euch bezahlt hab, damit,
was vom Jahr bleibt, ist bezahlt schon.
Euch noch einmal aufzusuchen,
will ich nicht einmal mehr träumen.«

63 Spornt sein Roß der Graf und reitet.
Einmal noch den Kopf er wendet,
schaut zurück mit Angst im Auge.
Glaubt er doch, mein Cid Rodrigo
könnte, was er tat, bereuen,
was dem Cid gewiß nicht einfällt.
Sei die Welt auch voll des Bösen,
solcher Treuelosigkeiten
ist mein Cid niemals imstande.
Aus den Augen ist der Graf jetzt,
und Rodrigo von Bivar kehrt
auch zurück zu seinen Leuten.
Jubel herrscht dort unter allen
über den Gewinn, den reichlich
ihnen diese Tat gebracht hat.
Großen Reichtum haben alle,
viel zu groß, um ihn zu zählen.

II

64 Jetzt beginnt das Lied vom Helden
aus Bivar, dem Cid Rodrigo.
Schlug sein Lager auf, die Zelte,
auf dem Paß von Olocau.
Ließ zurück schon Zaragoza
und die nachbarlichen Lande.
Ebenso zurück liegt Huesa
und das Land von Montalbán schon.
Nach dem Salzmeer hin nun wendet
er zum Kampfe seinen Heerbann,
dorthin, wo die Sonne aufgeht.
Erst nimmt Jérica mein Cid, dann
Almenar folgt und dann Onda.
Und das Land von Burriana
hat er ganz sich unterworfen.

65 Nur mit Gott, dem Herrn im Himmel,
konnt er alles dies vollbringen.
Und mit Gottes Hilfe nahm er
auch Murviedro als sein eigen.
Wußt er doch, mein Cid Rodrigo,
daß ihn Gott der Herr beschützte,
während in der Stadt Valencia
große Angst herrscht und Verzweiflung.

66 Sorge drückt die von Valencia,
können froh nicht sein. In Eile
halten Rat sie und beschließen,
Cid Rodrigo zu belagern.
Durch die ganze Nacht marschieren
müde sie ins Morgengrauen.
In den Feldern von Murviedro,
dort bereiten sie das Lager.
Kaum hat sie mein Cid gesehen,

nimmt ihn ihre Ankunft wunder.
»Lob und Preis sei dir im Himmel!
Sind wir schon in ihren Ländern,
trinken wir von ihrem Weine,
essen wir von ihrem Brote,
Schaden tun ist unvermeidlich.
So sind sie in ihrem Rechte,
wenn sie kommen zu belagern.
Ohne Kampf wird sich das nimmer
fügen und entscheiden lassen.
Boten schicke ich zu denen,
die zur Hilfe uns verbündet.
Auf nach Jérica die einen
und nach Onda hin die andern.
Olocau sei auch die Kunde
und von Almenar dem Volke.
Her zum Kampfe sollen eilig
kommen die von Burriana.
Sind wir alle dann vereinigt,
wollen wir die Schlacht beginnen.
Ich vertrau auf meinen Schöpfer.
Er wird uns zu Hilfe kommen.«
Und im Lauf des dritten Tages
sind sie alle schon vereinigt.
Der zur Welt in guter Stunde
kam, beginnt zu reden also:
»Hört mich, Krieger, Gott sei mit euch.
Seit wir aus dem Land der Christen
ausgezogen – nicht mit Willen,
konnten wir es doch nicht ändern –,
Gott sei Dank, ging unsre Sache
uns nach Wünschen, immer vorwärts.
Jetzt sind die Valencianer
hergekommen, uns zu fangen.
Wenn wir länger bleiben wollen
hier im Lande, diese Mauren
hart zu züchtigen ist nötig.

67 Ist die Nacht vorbei, im Dämmern
aufgezäumt sind schon die Rosse,
und bereit sind alle Waffen,
um die Mauren anzugreifen.
Sind wir doch verbannte Männer,
sind wir doch auf fremdem Boden.
Also wird sich hier entscheiden,
wie, für wen die Würfel fallen.«

68 Hört nun, was zu sagen hatte
der Minaya Álvar Fáñez:
»Campeador, gebt den Befehl Ihr.
Wir tun alles, was Ihr möchtet.
Gebt mir hundert Reiter, mehr nicht,
nur die hundert. Mit den andern
greift Ihr selbst sie an von vorne.
Furchtlos werdet Ihr sie schlagen.
Von der andern Seite greife
ich sie an mit meinen hundert.
So wie ich auf Gott vertraue,
so gewiß: Das Feld ist unser!«
Wohl gefiel dem Cid Rodrigo
diese Rede des Minaya.
Morgen war es. Sie beginnen
sich die Waffen umzugürten.
Jeder kennt schon seine Stelle,
wo zu fechten ihm bestimmt ist.
Mit den ersten Sonnenstrahlen
ruft zum Angriff Cid Rodrigo.
»Auf, im Namen unsres Schöpfers
und im Namen von Santiago!
Vorwärts Reiter, guten Willens!
Bin ich doch der Cid Ruy Díaz
aus Bivar im Land Kastilien.«
Viele Seile von den Zelten
wird man dort zerhauen sehen,
Strebestangen ausgerissen

und die Maste umgeworfen.
Aber zahllos sind die Mauren,
schadlos wollen sie sich halten.
Auf der andern Seite bricht jetzt
in das Feld der Álvar Fáñez.
Ist es ihnen auch zuleide,
sind die Mauren doch verloren.
In den Hufen ihrer Pferde
nur ist ihre letzte Hoffnung.
Tot sind beide Maurenkön'ge,
wurden auf der Flucht getroffen.
Bis Valencia, wie ein Sturmwind,
sind die Christen hinter ihnen.
Viel war, was sie da gewonnen,
und mein Cid Rodrigo Díaz
machte wieder große Beute.
Als das Schlachtfeld sie geplündert,
kehren langsam um die Kämpfer.
Ziehen ein dann in Murviedro
mit den Schätzen, die sie bringen.
Große Freude herrscht im Orte.
Später nehmen sie Cebolla
und das Land, das noch davor liegt.
Große Angst war in Valencia.
Wissen nicht, was anzufangen.
Und der Ruhm von meinem Cid wird
größer, immer größer wird er.

69 Dieser Ruhm, er ist so groß schon,
daß er übers Meer hinreichte.
Und der Cid, der ist zufrieden,
alle auch, die bei ihm waren.
Danken Gott, er hat geholfen
auch in dieser Schlacht zum Siege.
In der Nacht schickt Cid die Reiter
bis Cullera, und dann abwärts,
über Játiva und weiter,

bis sie Denia erreichen.
Dort zerschlagen sie die Mauren
kämpfend schon am Strand des Meeres.
Nehmen ein Benicadell noch,
alle Wege so beherrschend.

70 Als in seinen starken Händen
hat mein Cid Benicadell nun,
ist für Játiva es bitter.
Sorge drückt sie in Cullera,
und Valencia kann nicht länger
seine Ängste mehr verbergen.

71 Kreuz und quer durchs Land der Mauren
plündernd und erobernd ziehen
sie des Nachts, am Tage schlafend.
Mit Erobern und mit Kämpfen
sind drei Jahre schon vergangen.

72 In Valencia sind die Mauren
voller Angst und voller Schrecken.
Wagen nicht, vors Tor zu gehen,
noch den Kampf mit ihm zu suchen.
Abgetrennt von ihren Huertas,
leiden in der Stadt sie Mangel,
denn drei Jahre nimmt er ihnen
alles Brot, der Cid Rodrigo.
Klage tönt in ganz Valencia.
Wissen nicht, was anzufangen,
denn von keiner Seite kann man
sie mit Brot und Wein versorgen.
Selbst der Vater kann dem Sohn nicht
und der Sohn dem Vater nimmer
Unterstützung jetzt gewähren.
Auch der Freund hat für die Freunde
keinen Trost, denn schlimme Plage
ist es Männern, wenn das Brot fehlt,

Frau und Kinder Hungers sterben.
Sehen sie die Trauer vor sich,
können sie es doch nicht ändern.
Boten denken sie zu schicken
zu dem König von Marokko.
Der führt einen schweren Feldzug
gegen den vom Weißen Berge
und bringt ihnen keine Hilfe,
keinen Rat und nichts zum Schutze.
Davon hört der Cid und freut sich.
Rasch verläßt er Murviedro,
reitet eine ganze Nacht durch,
und das Morgengrauen findet
ihn im Land von Monreal schon.
Nach Navarra, Aragón auch,
selbst bis nach Kastilien schickt er
Boten, um dort auszurufen:
»Wer von Not und Sorge frei sein
und zu Reichtum kommen möchte,
soll zum Cid Rodrigo gehen,
der zum Kampfe sich bereitet,
um Valencia zu belagern,
es den Christen zu gewinnen.

73 Wer zu mir will, guten Willens,
um Valencia zu belagern –
durch Gewalt soll keiner kommen –,
auf den warte ich drei Tage,
hier in Cella del Canal.«

74 Dieses sprach der Cid, der Treue,
kehrt zurück nach Murviedro,
das er sich erobert hatte.
Was die Boten ausgerufen,
überall von Mund zu Munde
läuft es. Auf Gewinn die Aussicht,
keinen läßt sie ruhig schlafen.

Viele sich zusammenrotten
aus dem guten Christenvolke,
klingt es doch von allen Seiten
von den Taten des Ruy Díaz.
Mehr sind, die sich ihm gesellen,
als die ihn verlassen haben.
Immer größer wird sein Reichtum.
Als er soviel Volk beisammen
sah, wie sich der Cid da freute.
Wollte keine Zeit verlieren.
Geradenwegs hin nach Valencia
zieht mein Cid mit seinen Mannen,
um sich auf die Stadt zu werfen.
Fest und ohne Fehl umschließt er
nun die Stadt mit Eisenringen.
Jeden, der der Stadt sich nähert,
kann er schon von weitem sehen,
den, der kommt, und den, der gehn will.
Eine Frist noch stellt er ihnen,
sollten sie auf Hilfe hoffen.
Hat Valencia er belagert
schon neun Monde, kommt der zehnte,
übergeben soll Valencia
sich dem Cid dann unverzüglich.
Großer Jubel allenthalben
herrscht dort, als er endlich einzieht.
Die zu Fuß noch eben waren,
sitzen schon auf edlen Rossen,
um vom Golde und vom Silber,
von den Waffen nicht zu reden,
Zeit fehlt, um den Schatz zu zählen.
Alle sind sie reich geworden,
die in diese Stadt gekommen.
Und den fünften Teil der Beute
läßt der Cid beiseite schaffen,
dreißigtausend Mark in Münzen
und noch andre reiche Schätze.

Wer vermag soviel zu zählen?
Oh, wie freute sich der Cid da,
alle auch, die bei ihm waren,
als auf des Alcázars Spitze
aufgepflanzt sie seine Fahne.

75 Müßig lag mein Cid, und müßig
alle auch, die bei ihm waren,
als zum König von Sevilla
Nachricht kam vom Fall Valencias.
Ohne Beistand war Valencia.
Also um es anzugreifen,
zieht er, dreißigtausend Männer
mit ihm, alle schwer bewappnet.
In den Gärten vor den Toren
liefern sie die Schlacht den Christen.
Dort faßt sie mein Cid im Kampfe,
jener mit dem langen Barte,
und der Streit, der dauert lange,
wogt nach Játiva hinüber.
Als den Júcar sie durchqueren,
lichten rasch sich ihre Reihen.
Und der Strom erfaßt die Mauren,
daß sie Wasser schlucken müssen.
Und der König von Sevilla
flieht, verwundet durch drei Hiebe.
Und der Cid kehrt heim. Die Beute,
die er diesmal mit sich führte,
war noch größer als der Reichtum,
den der Fall Valencias brachte.
Hundert Mark in gutem Silber,
weniger stand keinem Mann zu.
Wie sich das herumgesprochen,
davon werdet ihr bald hören.

76 Fröhlich waren alle Christen,
die den Campeador begleiten,

der zu guter Stund geboren.
Lang gewachsen war der Bart ihm,
länger schon und immer länger,
seit der Cid es damals sagte,
als er aufbrach, der Verfemte,
aus der heißgeliebten Heimat:
»Um die Liebe meines Königs,
der des Landes mich verwiesen,
und als Zeichen meiner Trauer
soll mir keine Schere schneiden
nicht ein Haar von meinem Barte,
mag man auch darüber reden
unter Mauren oder Christen.«
Müßig war mein Cid Rodrigo
in Valencia mit Minaya.
Der wich nicht von seiner Seite.
Die ihr Land verlassen hatten,
sind jetzt reich an Gold und Silber.
Allen gab er in Valencia
Länder, Häuser. Allen zahlte
ehrlich er damit die Mühe.
Seine Liebe, seine Freundschaft,
die bekommen sie zu spüren.
Die nachher noch zu ihm stießen,
sie auch hat belohnt er reichlich.
Doch es blieb ihm nicht verborgen:
Mit dem, was sie so gewonnen,
zögen gerne sie von dannen,
möcht es ihnen nur gelingen.
So gibt unser Cid Befehl aus,
wie ihm riet Minaya Fáñez:
»Wagt mir einer von den Männern,
die an dem Gewinn beteiligt,
fortzugehen ohne Abschied,
ohne diese Hand zu küssen
mir zum Zeichen seiner Treue,
soll man fangen ihn, wo immer

man ihn findet, und ihm nehmen,
was er mitführt, und ihn hängen
auf der Stelle, ohne Gnade.«
Wohl beschlossen! Mit Minaya
ratschlagt weiter Cid Rodrigo.
»Wenn's Euch richtig scheint, Minaya,
möcht ich wissen, wieviel hier sind,
die mit mir Besitz gewonnen.
Man soll ihre Namen schreiben
und dann diese Namen zählen.
So sich einer dann versteckt hält
oder fehlt, auch nur vermißt ist,
dessen Teil an unsrer Beute,
der soll fallen an die Guten,
die Valencia treu bewachen
auf den Mauern.« Sagt Minaya:
»Gut scheint das und wohlbedacht mir,
das was Ihr Euch vorgenommen.«

77 Ruft zum Rat der Cid sie alle,
sich um ihn dort zu versammeln.
Waren alle dann vereinigt,
läßt er ihre Namen rufen.
Dreimal tausend und sechshundert
zählte er in seinem Heerbann.
Das erfüllt sein Herz mit Freude,
läßt ihn fröhlich lächelnd sagen:
»Schuldig sind wir Dank dem Schöpfer
und auch unsrer heilgen Jungfrau.
Als wir aus Bivar geritten,
waren wir noch nicht so zahlreich.
Voller sind jetzt unsre Taschen,
voller werden sie noch werden.
Álvar Fáñez, ist es recht Euch
und nehmt Ihr es mir nicht übel,
möchte ich Euch nach Kastilien
hin in unsre Heimat schicken,

hin zu unserm Herrn Alfonso,
ist er doch noch unser König.
Von dem, was wir hier gewonnen
bis zum heutgen Tage, will ich
ihm als Angebinde schicken
hundert Rosse von der Beute.
Führt Ihr sie zu ihm, dann küßt ihm
seine Hände für mich, bittet,
daß er meine Frau, die Töchter,
die mir dort noch immer weilen,
gnädig zu mir kommen lasse.
Dann will ich nach ihnen schicken.
Das ist meine Kunde, sagt ihm:
Um die Frau und meine Töchter
ich, der Cid Rodrigo Díaz,
schicke hin dann nach Kastilien.
Und sie werden gerne kommen
in die fremden Länder, die wir
hier für sie erobert haben.«
Sagt darauf Minaya Fáñez:
»Gerne geh ich und mit Freuden.«
Als sie so gesprochen hatten,
gleich beginnt er sich zu rüsten.
Hundert Männer gibt der Cid ihm
als Begleitung, ihm zu dienen
auf dem Weg, und hieß, in Silber
tausend Mark San Pedro geben
mit der Weisung, daß die Hälfte
Abt Don Sancho haben sollte.

78 Diese Neuigkeiten waren
Freude für das ganze Lager.
Aus den Ländern weiter östlich
kommt auch noch ein guter Priester,
hieß Jerónimo, ein Bischof.
War ein großer Schriftgelehrter,
war im Rat bedacht und weise,

und zu Fuß sowie zu Pferde
war er auch ein tapfrer Ritter.
Sucht den Cid vom Hörensagen.
Um der großen Taten willen
seufzt er jetzt schon um die Stunde,
wo er sich im Felde sehn kann
Maurenreitern gegenüber.
Sagt, wenn er einmal des Kampfes
und des Schwerthiebs müde würde,
braucht kein Christ um ihn zu weinen.
Dieses hört mein Cid und freut sich.
»Hört, Minaya Álvar Fáñez,
hört beim Herrn im Himmel«, sagt er.
»Will uns Gott der Vater helfen,
müssen wir es ihm auch danken.
Gründen will ich in Valencia,
hier in dieser Mark, ein Bistum.
Das geb ich dem Christenritter
Don Jerónimo zum Lehen.
Kommt Ihr hin ins Land Kastilien,
gebt mir dort auch davon Kunde.«

79 Dem Minaya Álvar Fáñez,
dem gefielen diese Worte,
so wie sie der Cid gesprochen.
Und Jerónimo, der Pater,
der bekommt das Amt des Bischofs.
Eine gute, reiche Pfründe
ist das Bistum von Valencia.
Gott, wie groß war da der Jubel
bei dem ganzen Christenvolke,
daß die Stadt Valencia schließlich
einen eignen Bischof hatte.
Froh nimmt Abschied rasch und reitet
Álvar Fáñez, der Minaya.

80 Schon bleibt ruhig und in Frieden
hinter ihm Valencias Erde,
als Minaya Álvar Fáñez
in das Land Kastilien aufbricht.
Lassen wir die Tage, Nächte
und die Lager, die er aufschlug,
davon will ich nichts erzählen.
Endlich fragt er nach Alfonso,
wo er diesen finden könnte.
Und erfährt, daß Sahagún er
noch vor kurzem hat verlassen,
sich dann nach Carrión gewandt hat,
wo er wohl zu finden wäre.
Dessen war zufrieden Fáñez.
Macht sich auf, dorthin zu reiten.
Die Geschenke führt er mit sich.

81 König Alfons hat die Messe
grad verlassen, als Minaya
eben ankommt. Auf die Erde
kniet er nieder, Álvar Fáñez,
und zu Füßen seines Königs
beugt er sich vor allem Volke.
Tief ergriffen fällt er nieder,
küßt dem König beide Hände,
und voll Anstand spricht er zu ihm:

82 »Gnade, König Don Alfonso,
bei der Liebe unsres Schöpfers!
Durch mich küßt Euch beide Hände
unser Cid, der edle Ritter,
küßt die Hände Euch, die Füße
seines Herrn, wie sich's geziemet,
daß Ihr ihm im Namen Gottes
Gnade schenkt, um die er bittet.
Denn habt Ihr aus Eurem Lande
ihn verstoßen, ihm entzogen

Eure Liebe, seine Pflichten,
die erfüllt er in der Fremde.
Dort im fremden Land erobert
hat er Jérica und Onda,
Almenar und Murviedro,
das noch besser. Auch Cebolla,
Castejón, Benicadell, das
fest auf starkem Fels gegründet.
Mit der Herrschaft über diese
ist er Herr auch in Valencia.
Einen Bischof schon ernannte
unser Cid aus eignem Willen.
Hat fünf Schlachten er geschlagen,
hat er fünfmal Sieg errungen.
Groß und reich war seine Beute,
die der Schöpfer ihm geschenkt hat.
Und von dem, was ich Euch sage,
davon nehmt hiermit ein Zeichen.
Diese hundert edlen Pferde,
alle sind sie gute Renner,
tragen Sättel, Riemen, Zäume.
Durch mich bittet Cid Rodrigo
Euch, sie gnädig anzunehmen.
So erkennt er seinen Herren,
Eur Vasall heut wie von jeher.«
Und der König hebt die Rechte,
macht damit das Kreuzeszeichen:
»Diese großen Beuteschätze,
die der Cid sich so gewonnen,
bei dem heilgen Isidoro,
mich auch freuen sie von Herzen.
Auch die Taten Cid Rodrigos
freuen mich, und diese Pferde,
die er mir als ein Geschenk schickt,
nehme ich.« – Freut sich der König,
grämte sich der Graf Ordóñez:
»Scheint es doch, im Maurenlande

gibt es keine Männer, kann dort
einer wie Rodrigo Díaz
tun und lassen, was ihm einfällt.«
Doch der König gibt dem Grafen
eine kurze, scharfe Antwort:
»Laßt das sein, Graf, denn wie immer
dient er besser mir als Ihr hier.«
Sagt Minaya, dieser Edle:
»Wenn's gefällt Euch, so erbittet
diese Gnade Cid Rodrigo:
daß Ihr seine Frau Jimena
und die Töchter, die im Kloster
er zurückließ, als er auszog,
zu ihm ziehen laßt in Frieden
nach Valencia, wo er wartet.«
Darauf sprach zu ihm der König:
»Gern, von Herzen und mit Freude!
Und solange sie im Lande,
will ich auch noch für sie sorgen,
ihnen Schutz und Schirm gewähren
bis zur Grenze, und von dort an
seid Ihr, ist der Cid mir Bürge,
daß mit allem sie versorgt sind.
Hört mich nun, mein Heer, mein Hofstaat,
meine Ritter: Ich befehl es:
Nichts soll unser Cid verlieren,
auch die, die ihn Herren nennen,
deren Hab ich eingezogen.
Heute geb ich ihnen wieder
den Besitz zurück, das Erbe.
Wo sie sind mit Cid Rodrigo,
sind sie sicher auch vor Schaden,
immer und auf alle Fälle.
Daß sie ihrem Herren dienen
stets in Treue, ist mein Wille.«
Nochmals küßt des Königs Hände
Álvar Fáñez, und Alfonso

sagt zu ihm mit einem Lächeln:
»Die mit Euch, dem Cid zu dienen,
reiten wollen, ihnen gebe
ich Erlaubnis. Gott mit ihnen!
Mehr werd ich damit gewinnen,
als mir weiter Groll zu hegen.«
Während dieser Rede murmeln,
unter sich, die Köpfe neigend,
von Carrión die zwei Infanten.
»Weit reicht schon der Ruf der Taten
von dem Cid Rodrigo Díaz.
Würden wir mit seinen Töchtern
uns vermählen, für uns beide
wäre das schon reiche Beute.
Doch wir dürfen es nicht wagen,
die Verbindung anzubieten.
Aus Bivar ist Cid Rodrigo,
wir hingegen stammen beide
von Carrión, dem Grafenhause.«
Und so sagten sie es niemand.
Alles blieb, wie es gewesen.
Álvar Fáñez, der Minaya,
grüßt zum Abschied seinen König.
»Geht Ihr also, Álvar Fáñez,
sei die Gnade Gottes mit Euch!
Einen königlichen Boten
geb ich mit auf Eure Reise.
Und: Nehmt Ihr die Damen mit Euch,
dient mit großem Eifer ihnen.
Bis zur Grenze in Medina
stehn sie unter meinem Schutze,
von dort weiter wird beschützen
sie der Cid Rodrigo Díaz.«
Einen Gruß noch, und sie ziehen
glücklich von dem Hof des Königs.

83 Die Infanten unterdessen
haben ihren Plan geschmiedet,
als sie, den Minaya Fáñez
zu begleiten, mit ihm gehen:
»Guter! Um der Freundschaft willen
bringt dem Cid Rodrigo Díaz
von uns beiden schöne Grüße.
Sagt ihm, daß auf seiner Seite
immer wir in Treue stehen,
ihm zu Diensten, stets die Seinen.
Nichts verlieren wird Ruy Díaz,
nimmt er uns zu seinen Freunden.«
Sagt Minaya drauf zur Antwort:
»Gern bestell ich Euren Auftrag.«
Kaum entfernte sich Minaya,
machten kehrt die zwei Infanten.
Er zieht weiter nach San Pedro,
wo die Frauen damals weilten.
Und wie groß war ihre Freude,
als sie dort ihn kommen sahen.
Stieg vom Roß und ging zu beten
nach San Pedro, Álvar Fáñez,
und als er gebetet hatte,
spricht er zu den edlen Frauen:
»Euch zu Füßen, Frau Jimena,
Gott soll immer Euch beschützen,
Euch und Eure lieben Töchter!
Heil und Gruß von meinem Herren.
Voll Gesundheit und voll Reichtum
ließ ich ihn dort in Valencia.
Gnade schenkte mir der König,
ließ Euch frei, mit mir zu gehen,
daß ich in die Stadt Valencia,
Euer Erbe jetzt, Euch führe.
Wird der Cid gesund Euch sehen,
unversehrt, oh, welche Freude
wird dies Kommen ihm bereiten.«

Sprach darauf Doña Jimena:
»Gebe Gott, daß es so eintrifft.«
Mit den Reitern schickt die Botschaft
der Minaya nach Valencia:
»Sagt dem Campeador – Gott schütz ihn –,
daß sein Weib und seine Töchter
ihre Freiheit wieder haben
und der König auch, solange
sie in seinem Reiche weilen,
für sie sorgt und sie beschützet.
Sagt, daß wir in vierzehn Tagen
bei ihm sind, mit Gottes Hilfe.«
Auf dem Wege sind die Reiter,
die die Botschaft überbringen.
In San Pedro bleibt Minaya.
Seht, wie viele sind der Ritter,
die herbei von allen Seiten
eilen, um ihn zu begleiten
nach Valencia, zu Rodrigo.
Daß er aufnimmt sie als Freunde,
darum bitten sie den Fáñez.
»Gern und guten Willens«, sagt er.
Fünfundsechzig, gut beritten,
sind es, die zusammenkommen.
Mit dem Hundert, das er mitbringt,
um die Damen zu begleiten,
ist es stattliches Gefolge.
Die fünfhundert Mark in Silber
gibt dem Abt der Álvar Fáñez.
Was er tut mit den fünfhundert,
die ihm bleiben, will ich sagen:
Frau Jimena und den Töchtern,
und den Fraun in ihrem Dienste,
kauft er von den besten Kleidern,
die er finden kann in Burgos.
Kauft auch Pferde und kauft Esel,
guten Troß für lange Reise.

Und der gute Álvar Fáñez
ist bereit, um heimzukehren.
Doch da kommen auch die Juden,
kommt der Raquel und der Vidas,
werfen Álvar sich zu Füßen.
»Steht uns bei, Minaya Fáñez,
edler Ritter«, flehn sie ängstlich.
»Ganz zugrunde gehn wir beide,
hilft uns nicht Rodrigo Díaz.
Auf Gewinn wolln wir verzichten,
wenn das Geld er nur zurückgibt.«
»So will ich dem Cid es sagen,
wenn gesund ich zu ihm komme.
Sicher bleibt für Eure Hilfe
er Euch seinen Dank nicht schuldig.«
Da sprach Raquel und sprach Vidas:
»So beschließe es der Schöpfer!
Denn sonst gehen wir aus Burgos,
ihn zu suchen, wo er sein mag.«
Nach San Pedro geht Minaya.
Viele treffen ihn am Wege
fertig, um mit ihm zu reiten.
Und beim Abschied überschattet
unsern Abt noch tiefe Trauer.
»Lebet wohl, mein Álvar Fáñez.
Unser Schöpfer, der beschütz Euch.
Küßt Ruy Díaz beide Hände,
tut's für mich, daß er des Klosters
nie vergißt und seine Tage
ein Jahrhundert ihm gedeihen.
Tut er so, dann wird zum Wohle
immer mehr es ihm gereichen.«
Antwort gibt darauf Minaya:
»Gern erfüll ich Euren Auftrag.« –
Alle nehmen sie dann Abschied.
In Bewegung setzt der Zug sich,
und mit ihnen geht der Bote,

den zum Schutz der König mitgab.
In den Grenzen seines Reiches
sind sie Gäste ihres Königs.
Von San Pedro bis Medina
werden sie fünf Tage brauchen.
Dort bleibt Fáñez mit den Damen.
Von den Boten mit der Nachricht
haben wir nun noch zu reden.
Kaum empfing der Cid die Kunde,
freute sich sein Herz, und fröhlich
hob sein Mund an so zu sprechen:
»Wer so guten Beistand sendet,
darf erwarten gute Nachricht.
Hört, Gustioz und Per Bermúdez,
ihr, mit Martín Antolínez,
dem getreuen Burgalesen,
und Jerónimo, dem Bischof,
seid bereit, mit hundert Reitern,
gut gerüstet wie zum Kampfe,
auf die Pferde euch zu schwingen.
Reitet nach Santa María,
und dann weiter nach Molina,
das Abengalbón befehligt,
einer meiner treuen Freunde.
Er wird euch von dort begleiten
mit noch hundert seiner Ritter.
Steigt dann aufwärts nach Medina.
Geht so schnell als es euch möglich.
Meine Frau und meine Töchter,
die mit Álvar Fáñez kommen –
so wie mir gesagt ist –, könnt ihr
dort erwarten, sie dort treffen.
Dann begleitet ihr sie zu mir,
alle mit den größten Ehren.
Ich will in Valencia bleiben,
das ich teuer mir erworben,
Narrheit wär's, es zu verlassen.

In Valencia will ich bleiben,
das mein Erbe ist von nun an.«
Nachdem so der Cid gesprochen,
sitzen wieder sie zu Pferde,
reiten, was sie reiten können.
Kommen nach Santa María,
reiten weiter nach Bronchales,
wo zur Nacht sie Herberg nehmen.
Und am Morgen nach Molina
ziehen sie, wo sie sich ausruhn.
Als die Kunde von der Ankunft
bei Abengalbón, dem Mauren,
eintrifft, geht er voller Freude,
die Berittnen zu empfangen.
»Eure Ankunft bringt mir Freude.
Ihr Vasallen meines Freundes,
meine Herren, seid willkommen!«
Sagt Gustioz vor allen andern:
»Unser Cid, er läßt Euch grüßen.
Bittet Euch, ihm beizustehen.
Hundert tapfre Ritter bittet
er von Euch uns zum Geleite,
der Gemahlin und den Töchtern,
die jetzt in Medina warten.
Will, Ihr sollt sie mit Euch führen,
bis Valencia sie begleiten.«
Sagt Abengalbón: »So sei es.
Diesen Wunsch erfüll ich gerne.«
In der Nacht ein gutes Essen
läßt er ihnen zubereiten.
Tags darauf am frühen Morgen
setzt der Zug sich in Bewegung.
Bat der Cid um hundert Mannen,
gehen mit doch an zweihundert.
Steigen über hohe Berge,
die schon hinter ihnen bleiben.
Ziehen weiter auf der Ebne,

die man Mata de Taranz nennt,
daß sie, die vorübergehen,
auch in keiner Weise schrecken.
Durch das Tal des Arbujuelo
geht allmählich es bergabwärts.
In Medina übt man Vorsicht.
Als sie dort den Kriegszug sehen,
schickt Minaya gleich zwei Reiter,
um die Nachricht zu erfahren.
Gehn die zwei, von Herzen gerne
sind sie auch schon auf dem Wege.
Einer bleibt, und mit der Nachricht
eilt der andre zu Minaya:
»Leute sind's von Cid Rodrigo,
und sie kommen uns zu suchen.
An der Spitze Per Bermúdez
und Gustioz, Euch treu ergeben.
Auch aus Burgos Antolínez,
Don Jerónimo, der Bischof,
dieser gute, treue Hirte.
Reitet auch Abengalbón mit,
dem gehorcht wird in Molina.
Mit sich bringt er seinen Heerbann,
worum ihn der Cid gebeten
und um Ehre zu erweisen
meinem Cid Rodrigo Díaz.
Alle kommen sie zusammen,
lange braucht Ihr nicht zu warten.«
Darauf sagt Minaya Fáñez:
»Auf! Wir wollen sie empfangen.«
Aufgesessen und in Eile,
keiner will zurück jetzt bleiben,
hundert Reiter sind am Wege.
Sehen prächtig aus, und alle
reiten gute, edle Pferde,
das Geschirr, die Zäume kostbar,
reich mit Schellen auch behangen,

und die Schilde vorn am Halsgurt.
In den Händen ihre Lanzen,
jede mit des Ritters Fahne,
daß man schon von weitem sehn kann,
was der Fáñez für ein Mann ist,
wie er schützt die edlen Frauen,
die er aus Kastilien brachte.
Schon erscheint die erste Vorhut,
dann Gewappnete. Am Ufer
des Jalón herrscht eitel Freude.
Kommen auch die andern schließlich,
graden Weges zu Minaya.
Und Abengalbón, der Maure,
als er diesem gegenüber,
den Minaya, den umarmt er,
mit dem Lächeln auf den Lippen
legt die Hand ihm auf die Schulter,
wie es Brauch im Maurenlande.
»Froher Tag, Minaya Fáñez.
Finde ich Euch heute wieder,
bringt ihr mit noch diese Damen,
die uns neue Ehre bringen,
die zwei Töchter Cid Rodrigos
und die angetraute Gattin.
Cid Rodrigos Glück ist für uns
alle eine Ehre. Sei es,
daß wir ihn auch nicht so liebten,
müßten wir ihn dennoch ehren,
denn was unser, ist das seine,
so im Kriege wie im Frieden.
Dumm muß der sein, der die Wahrheit
nicht als Wahrheit kann erkennen.

84 Lächelnd spricht der Álvar Fáñez:
»Ihr, Abengalbón, ich weiß es,
seid ein Freund ganz ohne Fehler.
Führt mich Gott noch bis zum Cid hin

und ich seh ihn lebend wieder,
soll, was Ihr für uns getan habt,
Euch zum Schaden nicht gereichen.
Gehen wir jetzt auszuruhen,
denn das Mahl ist uns bereitet.«
Sagt Abengalbón: »Es freut mich.
Diesem Ruf, dem folg ich gerne.
Eh drei Tage noch vergangen,
will ich reichlich es vergelten.«
Kehren nach Medina alle,
von Minaya gut bewirtet,
alle mit dem Mahl zufrieden.
Fertig macht sich auf die Reise
heimwärts schon des Königs Bote.
Ehre ist dem Cid geworden,
blieb er fern auch in Valencia,
durch die Feste, die man ihnen
in Medina noch geboten.
Alles hat bezahlt der König,
nichts gekostet dem Minaya.
Ging die Nacht, und kam der Morgen.
Alle, nach der heilgen Messe,
machten sich zum Marsche fertig.
Als sie aus Medina zogen,
überquerten den Jalón sie,
durch den Arbujuelo aufwärts
ritten sie, den Sporn am Roßfell.
Und die Mata de Taranz dort,
bald liegt sie auch hinter ihnen,
bis sie nach Molina kommen,
wo Abengalbón der Herr ist.
Don Jerónimo, der Bischof,
der ein Christ ist ohne Tadel,
der bewacht die edlen Frauen
in der Nacht so wie am Tage,
mit dem Roß zu seiner Rechten,
das beladen mit den Waffen.

Zwischen ihm und Álvar Fáñez
in geschloßner Reih die Wache.
Schon sind sie im Ort Molina,
einer Stadt, reich und bevölkert,
und Abengalbón, der Maure,
der bewirtet sie noch reichlich.
Alles, was sie sich nur wünschen,
nichts davon soll ihnen fehlen.
Für die Rosse neue Eisen,
selbst die zahlt der gute Maure.
Dem Minaya und den Damen,
wie erwies er ihnen Ehre!
Weiter ritten andern Tags sie.
Bis Valencia begleitet
sie der Maure und bestreitet
alles aus dem eignen Beutel.
Nichts will er von ihnen nehmen.
Voll so großer Freude sind sie,
mit so freudevoller Nachricht,
nahe schon der Stadt Valencia,
nur drei Meilen gut gemessen.
Schicken in die Stadt die Botschaft
an den, der zu guter Stunde
sich mit seinem Schwert umgürtet.

85 Froh wie nie in seinem Leben
war der Cid, als nahe wußte
er, was er am meisten liebte.
Gibt Befehl zweihundert Rittern,
den Minaya zu empfangen
und den Kranz der edlen Damen.
Er bleibt wartend in Valencia.
Weiß er doch: Bei Álvar Fáñez
alles ist in guten Händen.

86 So, um diesen zu empfangen,
ihn, die Herrin und die Kinder,

das Geleite geben alle.
Die er noch in seinem Haus hat,
schickt der Cid, daß sie die Augen
offenhalten, auf die Mauer,
auf die allerhöchsten Türme.
So auch läßt er alle Türen,
Aus- und Eingang gut bewachen.
Läßt das Pferd Babieca kommen,
das vor kurzem er gewonnen
von dem König von Sevilla,
den er in der Schlacht geschlagen,
und von dem er noch nicht wußte,
er, der sich in guter Stunde
mit dem scharfen Schwert umgürtet,
ob das Roß ein guter Renner
und gehorsam auch dem Zügel.
Vor den Toren von Valencia,
wo kein Überfall zu fürchten,
vor der Frau und seinen Töchtern
Waffenspiel er zeigen wollte.
Ehrenvoll von allen wurden
dort empfangen seine Damen.
Und Jerónimo, der Bischof,
ritt vor allen, an der Spitze,
sprang vom Pferd, ging in die Kirche
mit den vielen, die er antrifft,
schon gekleidet. Silberkreuze
tragen sie zum Gruß bereitet
für die Damen und Minaya.
Der in guter Stund geboren,
der ließ auch nicht auf sich warten.
Einen Mantel ganz aus Seide
trug er, ging mit langem Barte.
Schön gesattelt ist Babieca
und geschmückt mit der Schabracke.
Unser Cid steigt in den Sattel,
nimmt die Waffen zum Turniere.

Auf Babieca, seinem Rosse,
reitet Cid Rodrigo Díaz.
Läuft ein Rennen, das bei allen
Staunen und Bewundrung auslöst.
Und berühmt von diesem Tag an
war Babieca in ganz Spanien.
Nach dem Rennen aus dem Sattel
springt der Cid, geht zu der Gattin,
geht zu den geliebten Töchtern.
Als ihn sieht die Frau Jimena,
wirft sie sich zu seinen Füßen:
»Gnade sei mit Euch, Rodrigo,
Campeador. In guter Stunde
habt das Schwert Ihr umgegürtet,
habt befreit mich guten Endes
aus so vieler böser Schande.
Herr, hier habt Ihr mich, die Töchter.
Gut sind sie und wohlerzogen,
für den Vater dort im Himmel
und für Euch, Rodrigo Díaz.«
Froh nimmt er in seine Arme
erst die Mutter, dann die Töchter.
Von der Freude, die er fühlte,
füllte sich sein Aug mit Tränen.
Alle waren voller Jubel.
Waffen spielten. Holzgerüste
stoßen sie mit ihren Lanzen.
Hört nun, was der Cid gesagt hat.
»Ihr, Jimena, hochverehrte
liebe Frau, und meine beiden
Töchter ihr, mein ein und alles,
tretet ein in euer Haus nun
in Valencia, das von nun an
euer Heim ist, euer Erbe,
das ich euch gewinnen wollte.«
Seine Hände küßt die Mutter,
küssen ihm auch die zwei Töchter,

und umspielt von Pracht und Freude
ziehn sie froh ein in Valencia.

87 Mit der Frau und seinen Töchtern
steigt der Cid auf den Alcázar,
oben auf die höchste Spitze
führt er sie. Die Augen, hungrig,
können dort nicht satt sich sehen.
Sehn Valencia ausgebreitet
und das Meer zur andern Seite.
Sehn die Gärten, groß und schattig.
Dazu viele andre Dinge
sehen sie, vom Schauen glücklich.
Heben himmelwärts die Hände,
Gott zu bitten, ihm zu danken
für so große Himmelsgabe.
Oh, mein Cid und sein Geleite,
glücklich waren sie von Herzen.
Auch der Winter ist vergangen,
und der März steht vor den Türen.
Jetzt will ich euch Kunde geben
noch von Júcef, von dem Mauren.

88 Jenseits unsres Meeres herrschte
in Marokko er als König.
Diesen König von Marokko
ärgerten Rodrigos Siege.
»In die Länder, wo ich herrschte,
ist er frech mir eingedrungen
und will das nur Jesus Christus,
seinem Gott im Himmel, danken.«
Dieser König von Marokko
ließ sein Heer zusammenrufen,
zählte fünfzigtausend Krieger.
Schifften ein sich in die Boote.
Fahrn hinaus aufs Meer und segeln
nach Valencia, um zu suchen

von Bivar den Cid Rodrigo.
Noch sind kaum sie an der Küste,
stürmen sie schon hin zum Strande.

89 Und sind bald auch vor Valencia,
diesem Kleinod Cid Rodrigos.
Rammen ihrer Zelte Stangen
dort voll Hochmut in die Erde.
Kunde läuft davon in Eile
zu dem Cid Rodrigo Díaz.

90 »Sei gelobt, du Himmelsvater,
unser Schöpfer! Alles Gute,
all mein Hab, das ich besitze,
liegt jetzt vor mir. Mit viel Mühe
hab Valencia ich erobert.
Es ist jetzt mit Recht mein Erbe.
Zwingt der Tod mich nicht, so will ich
nimmer diese Stadt verlassen.
Dank sei meinem heilgen Schöpfer,
seiner jungfräulichen Mutter,
daß ich meine Frau, die Töchter
bei mir habe. Kommt mein Schicksal
mich zu suchen von den Ländern
jenseits dieses großen Wassers,
muß ich meine Waffen nehmen,
kann's nicht ändern, kann's nicht lassen,
und die Frau und meine Töchter,
kämpfen müssen sie mich sehen,
sehen, wie man eine Heimstatt
gründet sich in fremden Ländern,
sehen mit den eignen Augen,
wie man sich das Brot verdiene.«
Seine Frau und seine Töchter
führte er auf den Alcázar,
staunend dort, mit großen Augen
sehen sie die Stadt der Zelte.

»Cid, was ist das? Gott im Himmel
möge Euch davor erretten!«
»Frau, das soll Euch nicht erschrecken.
Das wird unsre Habe mehren.
Kaum seid Ihr hier angekommen,
bringen sie Euch schon Geschenke.
Für die Hochzeit unsrer Töchter
bringen sie uns einen Brautschatz.«
»Euch, mein Cid, will ich es danken
und dem Vater dort im Himmel.«
»Weib, bleibt mir in dem Palaste,
bleibt getrost in dem Alcázar.
Keine Angst soll Euch erschrecken,
wenn Ihr mich im Kampfe sehet,
denn mit meines Gottes Hilfe,
mit der Hilfe unsrer Jungfrau,
fühle ich die Kraft mir wachsen.
Weiß ich Euch doch nahe bei mir,
so muß ich, mit Gottes Hilfe,
in der Schlacht den Sieg erringen.«

91 Fest verankert stehn die Zelte
in dem grauen Licht des Morgens.
Aufgescheucht die Maurentrommeln
rollen, und der Cid, der freut sich.
Sagt: »Ein schöner Tag ist heute.«
Angst doch fühlen Frau und Töchter,
spaltet ihnen ihre Herzen.
Niemals hatten sie im Leben
vorher solche Angst wie heute.
Seinen Bart sich streichend, sagt dann
Cid Rodrigo, der Getreue:
»Keine Angst! Es wird sich alles
noch zum Guten wenden. Ehe
noch vergangen vierzehn Tage,
so es wohlgefällt dem Schöpfer,
diese Trommeln, die jetzt dröhnen,

sie sind unser, und man soll sie
zu euch bringen, daß ihr sehn könnt,
wie sie sind. Und unserm Bischof
geben wir die Trommeln, daß er
sie in Sankt Marien aufhängt,
unsrer Heiligen zur Ehre.«
Was mein Cid Rodrigo sagte,
meinte er als ein Gelübde.
Froher sind jetzt auch die Damen,
und die Furcht verläßt sie langsam.
Und die Mauren von Marokko
dringen stürmend in die Huertas,
hoch zu Pferde, ohne Vorsicht.

92 Sieht der Wächter sie vom Turme,
heftig rührt er seine Glocke.
Fertig sind die Reiterhaufen
unsres Cid Rodrigo Díaz.
Ziehen ihre Riemen fester,
auszubrechen aus den Mauern.
Wo sie dann die Mauren treffen,
greifen an sie ohne Zögern,
werfen sie mit harten Schlägen
aus den Huertas, und fünfhundert
bleiben liegen, sind getötet,
als der Tag sich neigt zum Abend.

93 Bis zum Lager hin der Mauren
sind die Christen hinter ihnen,
und da nun soviel getan war,
kehren sie zurück vom Felde.
Nur der Álvar Salvadórez
bleibt gefangen bei den Mauren.
Sind zurück beim Cid sie wieder,
die bei ihm ihr Brot genommen,
sieht er es in ihren Augen,
daß sie es erzählen wollen,

und mit Freude läßt der Cid sie
von dem, was geschehn, berichten.
»Hört mich, meine braven Ritter:
Dabei wird es noch nicht bleiben.
War der Tag uns heute gnädig,
besser wird es morgen gehen.
Früh im ersten Morgengrauen
seid mir alle gut gewaffnet.
Don Jerónimo, der Bischof,
gibt euch dann die heilge Hostie,
alle hören wir die Messe,
und bereit sind wir zu reiten.
Wieder anzugreifen gehn wir –
es ist gar nicht anders möglich –
in des Himmelsvaters Namen
und im Namen von Santiago.
Besser ist es, sie zu schlagen,
als daß sie das Brot uns nehmen.«
Wie aus einem Munde alle
sagen: »Gern, mit bestem Willen!«
Sprach auch noch Minaya Fáñez:
»Ist es recht Euch, Cid, dann gebt mir
hundertdreißig Eurer Reiter,
die sind mir zum Kampfe nötig.
Kämpft Ihr hier, so greif ich dort an,
sei's auf dieser, auf der andern
oder auch auf beiden Seiten,
so wie Gott will.« Spricht Rodrigo:
»Gerne, Álvar, und mit Freuden!«

94 Neigt der Tag sich, Nacht schon dunkelt,
und die Schar von Christenleuten
zögert nicht, sich gut zu rüsten.
Als die ersten Hähne krähen,
noch vor Tageslicht, der Bischof
singt die Messe, und am Ende
sagt er ihnen noch zum Troste:

»Wem bestimmt, im Kampf zu fallen,
das Gesicht zum Feind gewendet,
dem vergeb ich seine Sünden,
Gott empfange seine Seele.
Und von Euch, mein Cid Rodrigo,
der sein Schwert in guter Stunde
umgegürtet, um die Messe,
die am Morgen ich gesungen,
Euch erbitt ich diese Gnade:
Sei mein Schwert es, das die ersten
Wunden schlage.« Cid Rodrigo:
»Diese Gnade ist gewährt Euch!«

95 Schon verließen schwer bewaffnet
die von Cuarto ihre Türme.
Jedem ist vom Cid bedachtsam
zugewiesen seine Stelle.
Wächter blieben bei den Toren,
fest gewappnet, gut gewaffnet.
In das Feld sprengt schon Rodrigo
auf Babieca, seinem Streitroß,
voll gezäumt und gut beschlagen.
Seine Fahne vor den Mauern,
hinter ihr fast an viertausend.
Mit dem Cid an ihrer Spitze
ritten sie, um froh zu kämpfen
mit den fünfzigtausend Feinden.
Von der andern Seite Álvar
brach ins Feld zu diesem Treffen.
Es gefiel dem Schöpfer droben,
daß sie ihre Feinde schlugen.
Kämpfte erst mit seiner Lanze
unser Cid, dann greift zum Schwert er,
und so viele Mauren schlug er,
sie zu zählen ist unmöglich.
Dieser Mauren Blut, es tropfte
ihm hinab am Ellenbogen.

Drei gewaltge Streiche gab er
Júcef, doch der Maurenkönig
konnte seinem Schwert entfliehen,
denn er gab dem Pferd die Sporen.
Dann versteckt er in Cullera
sich in einer starken Feste.
Nach stürmt ihm dorthin Rodrigo,
ihn vielleicht noch zu erreichen,
mit noch andern seiner Treuen,
die gerade um ihn waren.
Von Cullera kam er wieder,
unser Cid, so wohlgeboren,
sehr zufrieden über alles,
was im Felde sie erbeutet.
Sah auch, was Babieca wert war
von der Mähne bis zum Schweife.
Ungeheuer war die Beute,
alles blieb in seinen Händen.
Von den fünfzigtausend Feinden
hundertvier nur konnten fliehen.
Cid Rodrigos Reiterscharen
plündern, was im Feld sie finden.
Und dreitausend Mark in Silber
und in Gold war ihre Beute.
Es war gar nicht aufzuzählen.
Fröhlich war mein Cid mit allen,
weil sie Gott auch diesmal schützte
und im Kampf den Sieg verliehen.
Doch der König von Marokko?
Der blieb dort besiegt, geschlagen.
Nur zur Wache auf dem Felde
läßt der Cid den Álvar Fáñez,
während er mit hundert Rittern
nach Valencia froh zurückkehrt.
Umgestülpt trägt er die Haube,
hat den Helm sich abgenommen,
in der Hand trägt er das Schwert noch.

So, auf Babieca reitend,
zieht er durch das Tor der Stadt ein,
wo die Damen ihn empfangen,
die dort warteten. Vor ihnen
hält er an, das Roß am Zügel.
»Euch zu Füßen, edle Frauen!
Für euch ist der Preis gewonnen.
Habt ihr mir beschützt Valencia,
habe ich gesiegt im Felde.
So war es von Gott beschieden,
und so wollten es die Heilgen.
Kaum seid ihr zu uns gekommen,
hat uns Gott beschert so reichlich.
Seht ihr dieses Schwert, so blutig?
Seht ihr diesen Schweiß am Rosse?
So nur kann den Sieg entreißen
man den Mauren auf dem Felde.
Bittet also unsren Schöpfer,
daß ich noch am Leben bleibe
ein paar Jahre, und erreichen
will ich einen Preis, daß alle
euch die Hände küssen werden.«
Also sprach der Cid. Vom Rosse
steigt er, und als sie ihn sahen
auf der Erde, alle Frauen,
seine Töchter und die Gattin,
alle beugen sie die Knie
vor dem Cid Rodrigo Díaz.
»Euer sind wir, und wir wünschen:
viele Jahre mögt Ihr leben.«
Wieder mit ihm, wieder bei ihm,
treten ein sie in die Halle,
um mit ihm sich hinzusetzen
auf die reichgeschmückten Bänke.
»Meine Frau, Doña Jimena,
habt Ihr nichts von mir erbeten?
Eure Damen, die Euch dienen,

alle möchte ich vermählen
mit den besten meiner Ritter.
Jeder gebe ich zweihundert
Mark in Silber, daß sie wissen
in Kastilien, wem sie dienten.
Aber für die eignen Töchter
überlegen wir es langsam.«
Alle stehen auf und küssen
ihm die Hände. Große Freude
überall in dem Palaste.
Wie es unser Cid gesagt hat,
so bringt er es auch zustande.
Währenddessen Álvar Fáñez
war noch draußen auf dem Schlachtfeld
mit den andern, die die Beute
zählen und in Listen schreiben,
zwischen Zelten, zwischen Waffen,
edelsteingeschmückten Kleidern.
Sammeln davon solche Mengen,
daß um vieles es zuviel ist.
Doch vom Besten dieser Beute,
davon will ich noch erzählen.
Nahm kein Ende noch das Suchen,
ungewiß die Zahl der Pferde,
die, gezäumt noch, ohne Reiter
querfeldein das Land durchirrten.
Davon zogen Nutzen freilich
auch die Mauren dort vom Lande.
Trotzdem, nur dem Cid Rodrigo,
den man mit den besten ehrte,
fielen zu ein ganzes Tausend.
Als die Teilung vorgenommen
und der Cid bekam so viele,
kamen nicht zu kurz die andern.
Und der reichgeschmückten Zelte,
schön geschnitzt, bemalt die Stangen,
viele hat der Cid gewonnen,

er und alle seine Mannen.
Und das Kostbarste von allen,
König Júcefs Zelt – zwei Stangen
stützen es aus reinem Golde.
Allen hat der Cid befohlen,
daß sie es an Ort und Stelle
lassen, keiner es berühre.
»Dieses Zelt, so wie es dasteht,
kam zu uns her aus Marokko.
Ich will es dem König schicken,
Don Alfonso von Kastilien.
Es bezeuge, was man redet
vom Gedeihen Cid Rodrigos.«
Mit den Schätzen ihrer Beute
ziehen ein sie in Valencia.
Don Jerónimo, der Bischof,
dieser ehrenreiche Priester,
müde, Mauren zu bekämpfen,
weiß die Zahl der Feinde nicht mehr,
die er in der Schlacht erschlagen,
reiche Beute fiel auch ihm zu.
Und mein Cid Rodrigo Díaz
aus Bivar, der Wohlgeborne,
auch von seinem Teil den zehnten
hat er ihm noch zugesprochen.

96 Unter allen Christenleuten
in Valencia herrschte Jubel.
Soviel Hab und Gut hat jeder,
soviel Pferde, soviel Waffen.
Frau Jimena, sie ist glücklich,
glücklich sind die beiden Töchter
wie auch alle ihre Frauen,
die sich schon im Brautbett sehen.
Nichts hat unser Cid vergessen.
»Wo seid Ihr, mein guter Hauptmann?
Kommt zu mir, Minaya Fáñez!

Für den Anteil, der Euch zufiel,
braucht Ihr Euch nicht zu bedanken.
Von dem Fünftel, das mir zufällt,
nehmt, was Euch gefällt. Von Herzen
sag ich das. Was dann zurückbleibt,
reicht für mich und ist genug mir.
Morgen früh, im Morgengrauen
müßt Ihr reiten, ohne Aufschub;
mit den Pferden dieses Fünftels,
das mein Teil war von der Beute,
mit den Sätteln und den Zäumen,
jedes auch mit einem Schwerte.
Um die Liebe meiner Gattin,
meiner heißgeliebten Töchter,
die er gnädig mir geschickt hat,
wie sie alle es ersehnten,
führt mir die zweihundert Pferde
hin zu meinem Herrn und König.
Schlecht soll König Don Alfonso
von Valencias Herrn nicht denken.«
Gibt Befehl dem Per Bermúdez,
anzuschließen sich Minaya.
Früh am nächsten Morgen reiten
eilig sie, zweihundert Reiter,
soviel waren sie Gefolgschaft,
daß der König es gewahr wird,
Cid Rodrigo küßt die Hand ihm,
und daß er aus guter Feldschlacht,
die den Mauren er gewonnen,
als Geschenk ihm die zweihundert
edlen Pferde schickt, daß immer
ihm zu dienen er bereit ist,
bis der Tod sein Herz zum Stehn bringt.

97 Vor den Toren von Valencia
setzt der Zug sich in Bewegung.
Führen große Schätze mit sich,

wachsam müssen sie sich halten.
Und sie reiten Tag und Nacht durch,
gönnen weder Rast noch Ruh sich.
Lassen hinter sich die Sierra,
welche die Gebiete scheidet,
und sie forschen nach dem Orte,
wo der König sei zu finden.

98 Über Länder, Berge, Flüsse
ziehn sie bis Valladolid hin,
wo der König Don Alfonso.
Zu ihm schicken Per Bermúdez
und Minaya eine Botschaft,
bitten, daß man sie empfange.
Alle, die mit ihnen kommen,
bitten um Gehör und sagen,
daß sie mit Geschenken kommen
von Rodrigo aus Valencia.

99 Heiter war des Königs Miene,
nie sah man ihn je so fröhlich,
drängt in Eile aufzusitzen
alle seine Edelleute,
und er selbst, er war der erste
hoch zu Pferde, zu empfangen
unsres Cid getreue Boten.
Aus Carrión, die zwei Infanten
haben sich auch eingefunden
mit dem Grafen Don García,
Cid Rodrigos bösem Feinde.
Was den einen Freude schaffet,
bringt den andern wieder Kummer,
denn vor ihren Augen stehen
die vom Cid, dem Wohlgebornen,
und sie schienen fast ein Heerbann,
nicht nur einfach arme Boten.
Sieht sie kommen Don Alfonso,

schlägt das Kreuz er. Vor den andern
Per Bermúdez und Minaya.
Vor dem König Don Alfonso
schwingen sie sich aus den Sätteln,
setzen ihren Fuß zur Erde.
Mit gebeugten Knien küssen
sie die Erde und die Füße
ihres Königs Don Alfonso:
»Gnade, König Don Alfonso!
Wir, im Namen Cid Rodrigos,
unsres Cid, die Füße küssen
wir Euch. Seinen Herrn und König
nennt er Euch, der Cid Rodrigo.
Dankbar ist er für die Ehre,
die Ihr gnädig ihm erwiesen.
Herr, es war vor ein paar Tagen,
hat er einen Sieg errungen,
gegen Júcef von Marokko.
Fünfzigtausend seiner Krieger
hat er in der Schlacht geschlagen.
Von der Beute, die ihm zufiel,
Überfluß war da für jeden.
Alle, die ihm untertänig,
sind jetzt reich, und diese Pferde
schickt der Cid Euch mit dem Handkuß.«
Antwort gibt darauf der König:
»Gerne nehm ich sie und danke
meinem Cid das Angebinde,
in der Hoffnung, daß die Zeit kommt,
ihm die Gabe zu vergelten.«
Vielen ging das Wort zu Herzen,
und sie küßten seine Hände.
Anders doch der Graf Ordóñez.
Voller Zorn blickt er und finster,
und mit zehn von den Verwandten
schlugen sie sich auf die Seite.
»Oh! Fürwahr, es ist erstaunlich,

daß dem Cid so wächst das Ansehn.
Durch die Ehre, die ihm teil wird,
können wir nur kleiner werden.
Leicht, als wären sie nur Spielzeug,
schlägt er Könige im Felde
und beraubt sie ihrer Pferde,
so als wären sie schon Leichen.
Das kann uns, ganz ohne Zweifel,
fürder noch viel Schaden bringen.«

100 Nun sprach König Don Alfonso.
Hört die Worte, die er sagte:
»Danken wir dem Herrn im Himmel
und auch Isidor, dem Heilgen,
für die Gabe dieser Pferde,
die mir unser Cid geschickt hat.
Meinem Reiche kann von jetzt an
er noch bessern Dienst erweisen.
Euch, Minaya Álvar Fáñez,
Per Bermúdez, Euch auch soll man
Ehrenkleider überreichen,
von den Waffen wählt das Beste,
daß ihr mir vor Cid Rodrigo
würdig auch erscheint. Drei Pferde
geb ich euch, erwählt sie selber.
Alles scheint mir anzukünden:
Was geschah, nimmt gutes Ende.«

101 Einen Handkuß, alle gehen,
sich der Ruhe hinzugeben,
und mit allem wohlversehen,
wie der König es befohlen.
Jetzt will ich von den Infanten
noch erzählen, die sich abseits,
flüsternd, unter sich beraten.
»Die Geschäfte Cid Rodrigos
haben guten Wind im Segel.

Werben wir um seine Töchter,
uns mit ihnen zu vermählen.
Das kann uns nur Ehre bringen
und dazu noch großen Reichtum.«
Gehn zum König, vorzutragen,
was sie heimlich sich ersonnen.

102 »Wir erbitten Eure Gnade,
Don Alfonso, Herr und König,
daß mit Eurem Rat und Zuspruch
Ihr für uns beim Cid Rodrigo
werbt um seine beiden Töchter,
uns mit ihnen zu vermählen,
sie zu ehren, uns zum Vorteil.«
Lange Zeit saß still der König
sich bedenkend, und dann sprach er:
»Ich vertrieb aus meinem Lande
eines Tages Cid Rodrigo.
Unrecht tat ich. Währenddessen
kämpfte er für meine Ehre.
Ob erfreulich ihm die Hochzeit,
ist mir fraglich, doch so ihr es
von mir wollt, will ich's versuchen.«
Den Minaya Álvar Fáñez
und Bermúdez ließ er rufen,
führt sie dann in eine Halle:
»Hört mich, Álvar, Per Bermúdez,
hört mich beide: Cid Rodrigo
hat mir großen Dienst erwiesen.
Meine Gnade ist ihm sicher,
wie er es um mich verdient hat.
Komm er zu mir, wenn's ihm recht ist,
Neuigkeiten gibt's am Hofe.
Don Fernando und Don Diego,
aus Carrión die zwei Infanten,
möchten sich mit Don Rodrigos
beiden Töchtern gern vermählen.

Dieser Nachricht seid mir Boten.
Sagt dem Cid Rodrigo Díaz:
Große Ehre wird ihm werden,
und vergrößert wird sein Ansehn
durch verwandtschaftliche Bande
mit den beiden jungen Grafen.«
Sprach Minaya, seiner Meinung
war Bermúdez: »Eure Worte
unterbreiten wir Rodrigo.
Er wird wissen und entscheiden,
was für ihn und uns das Beste.«
»Sagt ihm auch, dem Cid Rodrigo,
der in guter Stund geboren,
daß ich komme, ihn zu sehen,
wo er will, daß wir uns treffen.
An den Ort, den er bezeichnet,
werd ich meine Fahne stecken.
Will ihm helfen, wo es sein kann,
meinem Cid Rodrigo Díaz.«
Nehmen Abschied dann vom König,
sagten allen Lebewohl auch.
Machten wieder auf den Weg sich,
alle, die mit ihnen waren,
nach Valencia zu Rodrigo.
Als der hört, daß sie im Anzug,
springt er eilig in den Sattel,
reitet, um sie zu empfangen.
Lächelnd sieht der Cid sie kommen,
nimmt sie gleich in seine Arme:
»Kommt Ihr endlich, Álvar Fáñez,
und auch Ihr, mein Per Bermúdez?
Selten sind auf dieser Erde
solche Männer wie ihr beide.
Welche Nachricht hat für mich euch
Don Alfonso aufgetragen,
sagt mir: Ist er auch zufrieden?
Nahm er gnädig meine Gabe?«

Sagt Minaya Álvar Fáñez:
»Froh von Herzen und zufrieden
nahm er sie. Als Zeichen dessen
macht er kund Euch seine Gnade.«
Darauf sagt der Cid: »Gelobt sei
unser Vater dort im Himmel!«
Sie beginnen zu erzählen
ihre Botschaft, auch die Bitte
Don Alfonsos, seine Töchter
zu vermählen mit den Grafen.
Ehre soll die Ehe bringen,
und sein Ansehn wird sie mehren.
An sein Herz legt ihm der König
diesen Rat aus voller Seele.
Als das hörte Cid Rodrigo,
schwieg er eine lange Weile
und bedachte alles gründlich.
»Dieses dank ich meinem Herren
Jesus Christus«, sprach sodann er.
»Aus dem Lande mußt ich gehen
arm und aller Ehren ledig,
und mit großer Mühe hab ich
mir erworben, was jetzt mein ist.
Gott dem Schöpfer muß ich danken,
daß mein König mich begnadigt.
Und jetzt will er meine Töchter
für die Grafen, die Infanten.
Sagt mir, Álvar und Bermúdez:
Was denkt ihr von solcher Hochzeit?«
»Was Euch recht ist, ist auch uns recht.«
Sagt der Cid: »Von hohem Adel
die Infanten sind und stolz auch.
Sie gehörn zum Hof des Königs.
Diese Hochzeit, mir mißfällt sie.
Doch rät mir dazu der König,
müssen wir es überlegen.
Und: Daß Gott auf uns herabschau

und zum besten uns erleuchte!«
»Überdies läßt er Euch wissen,
Don Alfonso, unser König,
mit Euch möchte er sich treffen,
seine Gnade zu erweisen
an dem Ort, den Ihr bezeichnet.
Also müßt Ihr es entscheiden,
was Ihr denkt, es sei das beste.«
Sagt der Cid: »Froh ist mein Herze.«
»Die Begegnung, die er vorschlägt,
zu verfügen liegt bei Euch jetzt«,
sagt Minaya. »Seine Botschaft
haben wir Euch übermittelt.«
»Will mein Herr es, Don Alfonso,
ihn zu suchen, wo es sein mag,
bin bereit ich, ihn zu ehren
so als meinen Herrn und König.
Will er so es, dann mit Freude
bin ich damit einverstanden.
An den Ufern denn des Tajo,
eines unsrer großen Flüsse,
soll das Treffen uns vereinen,
an dem Tag, den er für gut hält.«
Briefe schrieb man mit der Nachricht.
Auf sie drückt der Cid sein Siegel,
sendet schnell sie mit zwei Reitern.
Seines Herrn und Königs Wünsche,
Cid, der Campeador, erfüllt sie.

103 Dem verehrten König bringt man
diese Briefe Don Rodrigos.
Als er sie gelesen hatte,
dankte er aus voller Seele.
»Grüßt mir meinen Cid Rodrigo,
der sein Schwert zur rechten Stunde
umgegürtet! Die Begegnung
habe statt dort in drei Wochen,

und, behalte ich das Leben,
soll mich nichts mehr daran hindern.«
Wieder kehren mit der Nachricht
schnell die Boten. Die Versammlung,
eifrig wird sie vorbereitet.
Niemals sah man in Kastilien
soviel Esel, Kasten tragend,
soviel Knappen, soviel Pagen,
wohlgebildet, schön zu sehen,
soviel Pferde, rund gefüttert,
gute Renner ohne Fehler,
stolze Fahnen, lustig flatternd,
goldne Wappen, Silberzäume.
Auch Gewebe aus Ägypten,
schöne Mäntel, viele Pelze.
Überfluß an guten Speisen
schickt der König hin zum Tajo,
wo man einen Platz bereitet.
Zahlreiches Gefolge führte
mit sich König Don Alfonso.
Die Infanten reisen fröhlich.
Lassen es an nichts sich fehlen,
schuldig bleiben sie das eine,
doch bezahlten sie das andre.
Denken sie doch: Mit der Hochzeit
wird der Beutel sich schon füllen,
hoffen damit zu bereichern
sich mit Gold und Silberstücken.
Und der König Don Alfonso
reitet im Galopp mit Grafen
und mit hohen Würdenträgern,
groß an Zahl ist sein Gefolge.
Die Infanten von Carrión auch
hatten ihr Gefolge bei sich.
Mit dem König reiten Haufen
aus León und aus Galicien,
nicht zu reden von dem Volke

seiner Länder in Kastilien.
Eilig, mit verhängten Zügeln
reiten sie zum Ort des Treffens.

104 In Valencia war Rodrigo,
wo er sich für seine Reise
zu dem Treffen vorbereitet.
Starke Esel, schöne Zelter,
viele Waffen, gute Renner,
reiche Mäntel, viele Pelze,
all dies ist dort zu bewundern.
Und die Jungen wie die Alten
tragen farbige Gewänder.
Álvar Fáñez, Per Bermúdez
und Martín Muños desgleichen,
der der Herr von Mont Mayor war,
mit ihm Martín Antolínez,
der getreue Freund aus Burgos,
Don Jerónimo, der Bischof,
Álvar Álvarez und Álvar
Salvadórez und der tapfre
Held Gustioz, Galín Garcíaz
endlich, der aus Aragón kam,
alle treffen ihre Vorkehr,
Cid Rodrigo zu begleiten,
mit den andern Rittern allen,
die ihm treu Vasallen waren.
Salvadórez und Garcíaz,
diesen beiden gibt Rodrigo
den Befehl, ihm zu bewahren
sein Valencia, es zu schützen
ihm mit ihrem ganzen Herzen,
dazu alle, die nun hörten
die Befehle dieser beiden.
Und die Tore des Alcázars –
so befiehlt der Cid –, die soll man
keinem öffnen, nicht bei Tage,

nicht zur Nachtzeit. Im Alcázar
bleiben seine Frau, die Töchter,
seine Seele und sein Herze,
und mit ihnen noch die Frauen,
die in ihrem Dienste stehen.
Auch hat es der Cid befohlen,
mit Voraussicht überlegend,
daß hinaus aus dem Alcázar
niemand gehn darf, bis er wieder
nach Valencia heimgekehrt ist,
der zu guter Stund geboren.
Reiten aus Valencias Mauern,
spornen ihre guten Pferde,
zugeritten, gute Renner,
wurden sie vom Cid erbeutet,
hat sie nicht geschenkt bekommen.
So ziehn sie zu der Versammlung
mit dem König, wie vereinbart.
Einen Tag schon vor Rodrigo
war der König dort zu Stelle.
Als den Cid sie kommen sahen,
kamen sie, ihn zu empfangen
und ihm Ehre zu erweisen.
Der zu guter Stund geboren,
sieht sie, läßt die Seinen halten,
ausgenommen nur ganz wen'ge,
die er ganz besonders schätzte.
Und mit fünfzehn dieser Treuen
schwingt er sich aus seinem Sattel,
so wie es voraus bestimmt war.
Seine Knie und seine Hände
drückte er auf nackte Erde,
und die Gräser auf dem Felde
faßte er mit seinen Zähnen.
Tränen flossen aus den Augen,
denn so groß war seine Rührung.
Damit zeigt er seine Demut

seinem Herren Don Alfonso.
Leid war, was er sah, dem König:
»Cid, mein Cid! Genug! Erhebt Euch.
Küßt die Hände mir, doch nimmer
sollt Ihr mir die Füße küssen.
Tut Ihr's dennoch, nicht teilhaftig
werdet Ihr dann meiner Liebe.«
Auf den Knien blieb Ruy Díaz.
»Gnade, Herr, erfleh ich von Euch,
meinem angestammten Herren,
und so vor Euch liegend, bitt ich:
gebt zurück mir Eure Liebe,
daß es alle hören mögen,
die sich hier versammelt haben.«
Spricht der König: »Ja, so sei es,
und von ganzem Herzen gerne.
Hiermit hab ich Euch verziehen,
ich gewähr Euch meine Liebe.
In den Ländern meines Reiches
heiß ab heut ich Euch willkommen.«
Sprach darauf der Cid Rodrigo:
»Ich empfange Eure Gnade.
Danke es erst Gott im Himmel,
danke es dann Euch und allen
Braven, die jetzt um uns stehen.«
Immer noch auf seinen Knien,
küßt dem König er die Hände.
Und steht auf und küßt die Lippen
seines Königs Don Alfonso.
Alle sehen das mit Rührung,
nur den beiden: Graf Ordóñez,
Álvar Díaz, macht es Kummer.
Noch einmal sprach Cid Rodrigo:
»Meinem Herrn und Schöpfer dank ich's,
daß mir Gnade ist geworden
von Alfonso, meinem König.
Gott im Himmel, der beschütz mich

fürderhin zu jeder Stunde.
Seid mein Gast, Herr, wenn's Euch lieb ist.«
Doch der König: »Unrecht wär es!
Ihr seid eben angekommen.
Ich bin da seit gestern abend.
So müßt heute Ihr mein Gast sein,
morgen ist an Euch die Reihe,
dann sei es nach Eurem Willen.«
Seinen Wunsch erfüllt der Cid ihm.
Die Infanten von Carrión nun
kommen jetzt, um ihn zu grüßen.
»Gruß Euch, Cid, dem Wohlgebornen!
Alles, was in unsrer Macht ist,
damit stehn wir Euch zu Diensten.«
»Das geb Gott!« war seine Antwort.
Meinen Cid Rodrigo Díaz,
der zu guter Stund geboren,
als den Gast, mit allen Ehren,
so behandelt ihn der König.
Stets an seiner Seite war er,
liebevoll und unermüdlich
sah er dessen Bart mit Staunen,
der dem Cid so schnell gewachsen.
Schon geht dieser Tag zu Ende,
und die Dämmrung zeigt die Nacht an.
An dem Morgen, der ihr folgte,
kam die Sonne klar und strahlend,
und mein Cid läßt gleich für alle
eine Mahlzeit zubereiten.
Lob war nun in aller Munde.
Fröhlich und befriedigt, alle
waren einig: In drei Jahren
wurde besser nicht gegessen.
Als am nächsten Tag die Sonne
aufging, sang die heilge Messe
Don Jerónimo, der Bischof.
Nach der Messe ruft der König

alles Volk um sich zusammen
und beginnt zu reden also:
»Hört mich, Krieger, hört mich, Grafen,
hört mich auch, ihr kühnen Knappen!
Einen Wunsch will ich jetzt sagen
meinem Cid Rodrigo Díaz,
will es Gott, zu seinem Wohle.
Um die Hände Eurer Töchter,
Doña Sol, Doña Elvira,
werbe ich zur heilgen Ehe
mit den Grafen, den Infanten.
Ehrenvoll und nützlich scheint mir
die Verbindung. Die Infanten
bitten drum mit meinem Willen.
Und die Euren wie die Meinen,
die jetzt mit uns sind, sind einig:
Gebt sie uns, mein Cid Rodrigo!
Daß der Schöpfer es Euch danke.«
»Jung zur Hochzeit sind die Töchter«,
sagte der Cid, »noch zart an Jahren.
Die Infanten, die genießen
großes Ansehn, meiner Töchter
sind sie wert, gewiß auch beßrer
Hochzeit noch sind wert die beiden.
Habe ich gezeugt die Kinder,
wurden sie von Euch erzogen,
und in Eurem Dienste stehn wir,
sie und ich. In Euren Händen
Doña Sol, Doña Elvira,
gebt sie dem, den Ihr erwählt habt,
so wird Ehre es mir bringen.«
»Dank Euch, Cid, und dank euch allen,
meinem Hofe!« sagt der König.
Die Infanten, sie erheben
sich, um ihm die Hand zu küssen,
dem zu guter Stund Gebornen.
Tauschen mit ihm ihre Schwerter

vor dem König. Der spricht wieder:
»Dank sei Euch, mein Cid. Vor allem
Dank sei unsrem Schöpfer droben,
daß Ihr mir für die Infanten
Eure Töchter gebt, Rodrigo.
Hier und jetzt, in meine Hände
nehm Elvira, Euer Kind, ich,
Doña Sol nehm ich und gebe
sie dem Grafen hin zur Ehe.
Ich vermähle die zwei Töchter
so mit Eurem Beistand. Sei es
Euch zum Wohl mit Gottes Hilfe!
Hier, mein Cid, nehmt die Infanten,
mit Euch ziehn sie, Eure Söhne,
denn ich wende mich jetzt heimwärts.
Nehmt dreihundert Mark in Silber,
eine Hilfe für die Hochzeit,
braucht sie so, wie es Euch nützlich.
Sind in Eurer Macht erst alle
in der großen Stadt Valencia,
Schwiegersöhne und die Töchter,
sind dann alle Eure Kinder.
Tut mit ihnen, was Euch recht ist.«
Auf nimmt sie mein Cid. Dem König
küßt er wieder seine Hände:
»Großen Dank bin ich Euch schuldig.
Ihr, mein Herr, und Ihr, mein König,
Ihr vermählt Sol und Elvira,
nicht der Vater seine Töchter.« –
Was zu sagen, ist gesagt schon.
Die Versprechen sind gegeben.
Morgen kam, und kam die Sonne.
Jeder kehrt hin, wo er herkam.
Noch einmal bringt Überraschung
unser Cid Rodrigo Díaz.
Lastgetier und edle Rosse,
reiche Kleider, teure Stoffe,

an das Volk verschenkt er alles,
jedem das, was er sich auswählt,
und ein Nein sagt er zu keinem.
Von den Pferden sechzig schenkt er.
Mit Geschenken alle glücklich,
ungeduldig heimzukehren,
sind zur Reise alle fertig.
Nacht senkt sich schon auf die Felder.
Die Infanten führt der König
an der Hand zum Cid Rodrigo:
»Seht, hier habt Ihr Eure Kinder,
sind doch Eure Schwiegersöhne.
Eurem Willen sind von heut an
untertan sie, Cid Ruy Díaz.
Euch als Vater solln sie dienen,
Euch als Herrn solln sie beschützen.«
»Dank Euch, König, für die Ehre.
Möge Gott es Euch vergelten.

105 Um noch eine Gnade bitt ich
meinen angestammten Herrscher:
Seid Ihr es, der meinen Töchtern
Gatten sucht, nach Eurem Willen,
nennt mir auch den Stellvertreter,
der sie diesen übergebe.
Nicht mit meinen Händen werde
ich sie in die Ehe führen,
sollen dessen sich nicht rühmen.«
Darauf spricht zu ihm der König:
»Dann ernenn ich Álvar Fáñez.
Nehmt sie hin in meinem Namen,
übergebt sie den Infanten,
so als würde ich sie nehmen,
wäre ich dabei zugegen!
Und auch bei dem Hochzeitsfeste
sollt Ihr mir den Paten stellen.
Sehen wir uns einmal wieder,

sagt Ihr mir, wie es gewesen.«
Sagt darauf der Álvar Fáñez:
»Herr, so wie Ihr es befohlen,
tu ich. So wird es geschehen.«

106 Angeordnet mit Voraussicht
alles, sprach der Cid noch: »König,
Herr von Ehren! Von dem Treffen
nehmt von mir noch zur Erinnrung
dreißig Zelter, wohlgerüstet,
und der Renner dreißig nehmt auch,
gut versorgt mit schönen Sätteln.«
Sprach der König: »Eure Gabe,
die beschämt mich, doch ich nehme
sie mit Freuden, und ich bitte
meinen Schöpfer, alle Heilgen,
daß an Euch sie meine Freude
reich vergelten und mein Leben
mir noch dauert, Euch zu ehren.
Meinem Herrn im Himmel droben,
ihm empfehl ich Euch zum Abschied,
seinem Schutz und seinem Schirme.«

107 Auf sein Roß Babieca schwingt sich
unser Cid Rodrigo Díaz:
»Hier, der König ist mein Zeuge,
mach ich kund: Wer zu der Hochzeit
kommen will, der komme mit mir,
keiner soll es mir bereuen.«
So nimmt Abschied von dem König,
seinem Herrn, mein Cid. Er will nicht,
daß man weiter ihn begleite.
Stolze Ritter sah man küssen
ihres Königs Hand zum Abschied.
»Seid uns gnädig, Herr und König!
Und vergebt uns. Nach Valencia,
mit dem Cid an unsrer Spitze,

reiten wir zum Hochzeitsfeste
der Infanten von Carrión, die
mit den Töchtern Cid Rodrigos,
Sol, Elvira, sich vermählen.«
Und der König ließ sie reiten,
gnädig und das Herz voll Freude.
An wuchs meines Cid Gefolgschaft,
kleiner wurde die des Königs.
Viele gingen mit Rodrigo,
wenden sich zur Stadt Valencia,
die er nahm in guter Stunde.
Don Fernando aufzuwarten,
und auch zu Don Diego schickt er
den Gustioz und Per Bermúdez.
Selbst in seinem Hause fände
keine beßren er. Die beiden
kennen dieser Grafen Schliche.
Dort war auch Asur González,
ein Verräter und ein Hetzer,
kurzer Mut und lange Zunge.
In Valencia sind sie endlich,
das der Cid erobert hatte.
Als sie sich den Mauern nähern,
wächst die Freude, und der Cid sagt
zu Gustioz und zu Bermúdez:
»Gebt den beiden gute Herberg,
bleibt bei ihnen. Früh am Morgen,
mit den ersten Sonnenstrahlen,
sollen sie die Gattin sehen,
Doña Sol, Doña Elvira.«

108 Diese Nacht zu ihren Häusern
gingen alle. Zum Alcázar
ging der Cid. Doña Jimena,
seine Frau, und seine Töchter
kommen, um ihn zu empfangen.
»Kommt Ihr, der zu guter Stunde

sich mit seinem Schwert umgürtet?
Campeador, schenkt Euern Anblick
unsren Augen im Gesichte
viele Tage.« »Dank dem Schöpfer,
läßt er mich Euch wiedersehen,
edle Frau. Mit mir ich bring Euch
Schwiegersöhne, Euch zu ehren.
Dankt es mir, ihr lieben Töchter,
gut vermählt hab ich euch beide.«

109 Seine Frau und seine Töchter
küssen ihm die beiden Hände,
auch die Fraun in ihren Diensten.
»Dank sei Gott und Euch, Rodrigo,
Cid, dem mit dem krausen Barte!
Alles, was Ihr tut, ist Liebe.
Nichts wird diesen beiden fehlen,
bleibt der Vater nur am Leben.«
»Wohlstand blüht uns, wenn der Vater
uns vermählt«, so die zwei Töchter.

110 »Meine Frau, Doña Jimena,
flehen wir zu Gott im Himmel!
Und euch sag ich, meine Töchter,
Doña Sol, Doña Elvira,
Ehre wird der Bund euch bringen.
Wissen aber sollt ihr vorher:
Ich hab ihn nicht vorbereitet.
Bittend warb um euch der König,
unser Herr, so fest und herzlich,
daß von dem, was er gefordert,
ich ihm nichts verweigern konnte.
So gab ich in seine Hände
euch, die lieben Töchter beide.
Glaubt mir, was ich euch jetzt sage:
Er vermählt euch, nicht der Vater!«

111 Den Palast zu schmücken, schickt man
an sich, deckt den nackten Boden,
deckt mit Teppichen die Wände,
schmückt mit Seide und mit Purpur
große Säle. Welche Freude,
hier zu sein und hier zu essen!
Alle haben sich versammelt,
alle Ritter Cid Rodrigos.
Boten schickt man zu den Grafen.
Reiten schon zu dem Palaste,
schmuckbehängt, in reichen Kleidern.
Jetzt zu Fuß, in den Alcázar
treten sie mit stolzer Geste.
Unser Cid mit den Vasallen,
der empfängt sie dort. Sie grüßen
meinen Cid und Frau Jimena.
Setzen sich auf prächtge Bänke.
Alle, die den Cid umgeben,
schauen auf den Wohlgebornen,
aufmerksam und in Erwartung.
Cid Rodrigo, der erhebt sich,
langsam steht er auf und sagt dann:
»Da es so uns auferlegt ist,
sinnlos ist es aufzuschieben.
Tretet näher, Álvar Fáñez,
lieb seid Ihr mir vor den andern,
nehmt sie, meine beiden Töchter,
ich geb sie in Eure Hände.
Wißt, daß ich es unserm König
Don Alfonso so versprochen.
Möchte meinem Wort nicht fehlen
und, was dort versprochen, brechen.
Gebt sie hin an die Infanten
von Carrión mit Euren Händen,
daß man die Vermählung segne,
was begonnen, man beende.«
Darauf sagt Minaya Fáñez:

»Gern erfüll ich diesen Auftrag.«
Sie stehn auf, und ihre Hände
nimmt er. Zu den Grafen spricht er:
»Vor Minaya Álvar Fáñez
steht Ihr hier, die zwei Infanten.
Durch die Hand des Königs Alfons,
der es so mir aufgetragen,
übergeb ich euch die Damen,
eines Edelmannes Töchter.
Nehmt sie hin in heilger Ehe,
unter euren Schutz, in Ehren.«
Die Infanten nehmen glücklich
jeder liebevoll die Gattin.
Gehen dann, die Hand zu küssen
meinem Cid und seinem Weibe.
So geschehn, verlassen alle
den Palast. Santa María
ist's, die Kirche, zu der nun sie
ihre Schritte eilig lenken.
Don Jerónimo, der Bischof,
hat sich eilig eingekleidet,
an der Kirchentüre wartet
er schon auf den Zug der Gäste.
Segnet sie und singt die Messe.
Wieder vor der Kirche, reiten
sie zum Sandplatz von Valencia,
wo sich alles Volk versammelt.
Gott! Welch schöne Waffenspiele
gab der Cid mit seinen Treuen.
Der zu guter Stund geboren,
mußte dreimal Pferde wechseln.
Was er sah, war ihm zur Freude.
Von Carrión die zwei Infanten
zeigten ihre Reiterkünste.
Auf dem Rückweg, mit den Damen,
in Valencias Mauern wieder,
im Alcázar war die Hochzeit.

Anderntags läßt Cid Rodrigo
sieben Holzgerüste bauen.
Noch vor Mittag waren sieben
von den Lanzen umgestoßen.
Fünfzehn lange Tage dauert
diese Hochzeit. Nach den fünfzehn
macht sich jeder auf nach Hause.
Aus Bivar der Wohlgeborne
hat an Eseln und an Rossen
hundert wohl verschenkt, dazu noch
Mäntel, Pelze, reiche Kleider,
nicht zu reden von den Münzen.
Die Vasallen Cid Rodrigos,
alle schwören, jeder für sich,
zu beschenken die Kastilier.
Will sich einer etwas nehmen,
wird von Herzen es zuteil ihm.
Reich zurück gehn nach Kastilien
alle, die zur Hochzeit kamen.
Gehn zurück in ihre Heimat
alle Gäste. Nehmen Abschied
von dem Cid, dem Wohlgebornen,
von den Fraun, den Edelleuten,
machen auf den Weg sich, dankbar
unsrem Cid und den Vasallen.
Reden dann nur Gutes von ihm,
reden, wie man sie bewirtet.
Fröhlich waren auch die Söhne
von dem Grafen Don Gonzalo,
Don Fernando und Don Diego.
Wieder in Kastilien alle,
die dort eingeladen waren,
blieb der Cid mit den Infanten
in Valencia. Und dort lebten
sie bis nahe an zwei Jahre.
Alle hielten sie in Ehren.
Fröhlich war der Cid mit allen.

Geb es unser heilger Vater
und Maria, unsre Jungfrau,
daß die Hochzeit Gutes bringe
dem, der sie hat angestiftet.
Hier sind wir nun auch am Ende
mit den Strophen dieses Liedes.
Alle Heiligen im Himmel
und der Schöpfer sein Euch gnädig!

III

112 In Valencia mit den Seinen,
auch mit seinen Schwiegersöhnen,
war der Cid Rodrigo Díaz.
Ausgestreckt auf einem Lager
schlief der Campeador. Erfahrt nun
von der bösen Überraschung,
die sie alle dort erlebten.
Aus dem Käfig brach ein Löwe!
Reißt sich los, verbreitet Schrecken.
Ging am Hofe große Angst um.
Alle hüllen sich in Mäntel
und umstehn das Ruhelager,
wo der Cid ganz friedlich schlummert.
Nur Fernando Graf González,
einer von den zwei Infanten,
fand kein Loch, sich zu verstecken,
keinen Turm und keine Halle.
So schlüpft er mit großer Eile
unters Bett mit Zähneklappern.
Durch die Türe rennt sein Bruder,
der Don Diego, schreit und zetert:
»Niemals seh Carrión ich wieder.«
Hinter einen dicken Balken
von der Traubenpresse kriecht er,
ängstlich schleift er seinen Mantel,
ganz beschmutzt auch Wams und Hose.
Währenddessen, der zu guter
Stund geboren, Cid Rodrigo
schlägt die Augen auf. Erwachend
sieht er um sich sein Gesinde.
»Was soll das bedeuten«, fragt er.
»Was steht ihr hier um mein Bette?«
»Edler Herr, oh, großen Schrecken

hat uns eingejagt der Löwe«,
sagen sie. Mein Cid, der stützt jetzt
sich auf seinen Ellenbogen,
dann erhebt er sich in Eile,
wirft den Mantel um und geht gleich,
um den Löwen aufzusuchen.
Als der Löwe ihn gewahr wird,
schämt er sich, und eingeschüchtert,
Aug in Aug ihm gegenüber,
senkt er vor ihm Haupt und Mähne.
Am Genicke faßt der Cid ihn
und, bezähmt, zieht er ihn mit sich
hin zum Käfig und verschließt ihn.
Wie ein Wunder sehn es alle,
die herumstehn. Zum Palaste
kehren sie noch stumm vor Staunen.
Und mein Cid Rodrigo Díaz
fragt nach seinen Schwiegersöhnen,
ruft und kann sie nirgends finden.
Als man endlich sie gefunden,
sah man bleich sie, ohne Farbe.
Niemals hörte man am Hofe
soviel Spott und soviel Scherze,
bis der Cid gebietet Schweigen.
Sehr beschämt und arg beleidigt
waren da die zwei Infanten
über das, was vorgefallen.

113 In so schlimmer Lage beide
hatten sie noch großen Kummer.
Aus Marokko kamen Krieger,
um Valencia zu belagern.
Auf dem Feld, genannt »de Cuarto«,
schlägt das Lager auf der Heerbann.
Fünfzigtausend große Zelte
stehen dort schon aufgerichtet.

König Búcars Heer war dieses,
wenn von dem ihr je gehört habt.

114 Unser Cid und seine Männer
fühlen Freude nur darüber.
Das bringt wieder reiche Beute.
Gott sei es gedankt. Doch wisset,
daß die Grafen es bekümmert.
So viel Maurenzelte sehen
die Infanten ohne Freude.
Abseits wisperten die Brüder:
»Wir berechnen den Gewinn nur,
nicht Verluste. Diesmal müssen
in den Kampf wir, das ist sicher.
Niemals sehn Carrión wir wieder,
und die Töchter Cid Rodrigos
lassen wir zurück als Witwen.«
Sprachen sie auch im geheimen,
hörte sie Muño Gustioz doch,
ging und sprach davon Rodrigo:
»Seht mir Eure Schwiegersöhne,
die so mutig sich gebärden.
Um nicht in die Schlacht zu reiten,
denken sie jetzt an Carrión nur.
Geht doch hin, um sie zu trösten,
gehet hin um Himmels willen,
laßt den Frieden sie genießen
und befreit sie von der Feldschlacht.
Ohne sie wird uns der Sieg sein.
Gott im Himmel wird uns beistehn.«
Lächelnd geht mein Cid Rodrigo:
»Gott zum Gruße, Schwiegersöhne,
Gatten meiner beiden Töchter,
die, so hell wie dort die Sonne,
ihr in euren Armen haltet.
Während ich an Schlachten denke,

denkt ihr an Carrión, das ferne.
Bleibt mir also in Valencia,
das ist mehr nach eurem Herzen,
denn den Maurenfeind, den kenn ich
besser, und ich werd ihn schlagen
mit der Hilfe meines Schöpfers.

An dieser Stelle ist eine Lücke in der Handschrift. Wir schieben einen Abschnitt aus der »Crónica de Veinte Reyes« ein.

Während sie darüber sprachen, schickte der König Búcar eine Botschaft zum Cid, er möge Valencia verlassen und in Frieden gehen, wenn nicht, habe er alles bisher Erreichte zu bereuen. Der Cid sagte zu dem Boten: »Geht und sagt dem Búcar, diesem Sohn des Feindes: Noch bevor drei Tage vergangen, soll er haben, was er verlangt.« Andern Tages befahl der Cid, alle seine Leute zu bewaffnen. Dann zog er aus der Stadt gegen die Mauren. Die Infanten von Carrión baten ihn bei dieser Gelegenheit um einen Platz in der ersten Linie, und als der Cid seine Reihen geordnet hatte, ritt Fernando, der eine der Infanten, voraus, um einen Mauren anzugreifen, der Aladraf hieß. Als der Maure ihn sah, ritt er auf ihn zu, und dem Infanten fuhr solch ein Schrecken in die Glieder, daß er sein Roß herumriß und floh, ohne ihn zu erwarten. Per Bermúdez, der nahe war und das sah, griff den Mauren an, kämpfte mit ihm und erschlug ihn. Dann griff er das Pferd des Mauren und ritt dem Infanten nach, der auf der Flucht war, und sagte zu ihm: »Don Fernando, nehmt dieses Roß und erzählt allen, daß Ihr den Mauren, dem es gehörte, getötet habt. Ich werde es Euch bezeugen.« Der Infant sagte zu ihm: »Schönen Dank, Per Bermúdez. Diese Rede danke ich Euch von Herzen.

115 Hoffentlich kommt auch die Stunde,
es Euch doppelt zu vergelten.«
Der Infant und Per Bermúdez
kehren Seit an Seite wieder.

Und Bermúdez, der bestätigt
alles, was erzählt Fernando.
Mit Vergnügen hört der Cid es,
er und alle seine Männer.
»Geb es Gott, der Himmelsvater,
meine Söhne, eines Tages
werden sie noch gute Krieger.«
Während sie es noch bereden,
hat sich auch das Heer versammelt,
und die Trommeln bei den Mauren,
sie beginnen schon zu dröhnen.
Das erfüllt fast alle Christen,
die das vorher niemals hörten,
weil sie neu dazugekommen,
mit Erstaunen. Mehr erschreckten
sich Don Diego und Fernando,
denn mit freiem Willen niemals
wären sie hierhergekommen.
Hört nun, was der Cid gesagt hat,
der zu guter Stund geboren:
»Komm zu mir her, Per Bermúdez,
du, mein lieber Neffe, schütze
mir Don Diego und Fernando,
meine beiden Schwiegersöhne,
die ich gerne hab von Herzen.
Denn die Mauren – Gott sei mit uns –
sollen dieses Feld nicht haben.«

116 »Cid, ich sage Euch und bitte:
Seid barmherzig, zwingt mich nicht mehr,
die Infanten zu beschützen.
Hüte sie, wer will, mir sind sie
einerlei. Laßt mit den Meinen
mich im ersten Ansturm kämpfen.
Ihr bleibt dann mit Eurem Haufen
in der Nachhut. Gibt Gefahr es,
könnt Ihr mir zu Hilfe kommen.«

Hin tritt jetzt auch Álvar Fáñez,
sagt: »Mein Cid, die Schlacht, die eben
ihren Anfang nimmt, ist Gottes.
Ihr habt, würdig, seinen Segen.
So befehlt uns Euern Willen,
seine Pflicht erfüllt ein jeder.
Unser ist noch, zu erleben,
wie Eur Glück sich ganz vollendet.«
Sagt mein Cid: »Es hat nicht Eile,
ruhig können wir noch warten.«
Don Jerónimo, der Bischof,
schwer bewaffnet und voll Eifer,
hält sein Roß an vor Rodrigo:
»Heut noch habe ich die Messe
Euch gelesen. Ich kam zu Euch.
Hab mein Heimatland verlassen,
weil ich Mauren töten wollte,
meinem Orden, meinen Händen
große Ehre einzubringen,
und in dieser Feldschlacht möchte
ich der erste sein im Kampfe.
Einen Hirsch führ ich im Wappen,
auf der Fahne meiner Lanze,
und gefällt es Gott, so will ich
ihn erproben, und mein Herze
wird zufrieden sein, zufrieden
Ihr mit mir, mein Cid Rodrigo.
Und erfüllt Ihr meinen Wunsch nicht,
will ich gleich von dannen reiten.«
Also sprach mein Cid Rodrigo:
»Was Ihr wollt, es soll geschehen.
Schon seh ich die Mauren kommen,
so erprobet Eure Waffen.
Wir von hier aus wolln ermessen,
wie ein Bischof weiß zu kämpfen.«

117 Don Jerónimo, der Bischof,
nimmt erst einen guten Anlauf,
sprengt den Mauren dann entgegen
bis zum Lager. Ihm zum Glücke
und weil Gott ihn schützt, zwei Mauren
tötet er im ersten Treffen.
Da die Lanze ihm zersplittert,
greift er gleich zu seinem Schwerte.
Ohne Rast kämpft unser Bischof
und – o Gott – wie gut, wie tapfer!
Zwei erstach er mit der Lanze,
fünf erschlug er mit dem Schwerte.
Da die Mauren viele waren,
kommen sie von allen Seiten.
Schlagen sie auch mächtig auf ihn,
können sie ihn nicht bezwingen.
Der zu guter Stund geboren,
der läßt ihn nicht aus dem Auge,
preßt den Schild jetzt fester an sich
und senkt langsam seine Lanze,
drückt die Sporen in die Weichen
von Babieca, seinem Renner,
und sprengt hin, um einzugreifen,
fester Seele, frohen Herzens.
So durchbricht die ersten Reihen
unser Campeador, und sieben
aus dem Sattel wirft er, tötet
vier. Mit Gottes Gnad und Beistand
war der erste Streich gewonnen.
Mit den Seinen, Cid Rodrigo,
ist er nahe jetzt am Feinde.
Seile sieht man da zerrissen,
Strebepfeiler umgeworfen
und der Zelte Stangen brechen.
Aus dem Lager treibt der Cid sie,
Búcars Heer, die stolzen Krieger.

118 Werfen sie aus ihren Zelten,
heften sich an ihre Fersen.
Köpfe fallen, noch im Helme,
Arme, noch im Panzerhemde,
rollen überall im Felde.
Rosse ohne Reiter irren
da und dort. Auf sieben Meilen
streckt der Kampf sich hin. Rodrigo
holt den Búcar ein und ruft ihn:
»Kehr dich zu mir, König Búcar!
Übers Meer kamst du zu suchen
mich, den Cid im langen Barte,
komm mit einem Kuß zu siegeln
unsre Freundschaft.« Búcars Antwort:
»Deine Freundschaft halte fern mir
Allah! Hast ein Schwert in Händen,
das willst du an mir erproben,
spornst dein Roß gerade zu mir.
Doch läßt meines mich im Sattel,
sollst du mir nicht nahe kommen
bis zum Strande, bis zum Meere.«
Drauf der Cid: »Das wird nicht wahr sein.«
Guter Renner trägt den Búcar,
sprengt davon mit Riesensätzen,
doch Babieca kommt ihm näher.
Noch drei Ellen vor dem Meere
hat ihn eingeholt Rodrigo.
Hebt das Schwert und läßt es sausen
auf den Helm, daß die Rubine
alle aus der Fassung springen.
Helm und Haupt, es spaltet beide
in zwei Hälften. Bis zur Hüfte
dringt das Eisen, und so tötet
unser Cid den König Búcar.
Und gewann in diesem Kampfe
auch Tizón, das Schwert des Königs,
wert wohl tausend Stücke Goldes.

Siegt in dieser Schlacht, die groß war,
wunderbar auf weitem Felde,
und dem Cid und seinem Heere
eingebracht hat große Ehre.

119 Aus dem Schlachtfeld mit der Beute
kehren sie zurück und plündern,
was sie nur am Wege finden.
Zu den Zelten kommen alle
an der Seite Cid Rodrigos.
Campeador, der Vielgenannte,
kehrt zurück mit den zwei Schwertern,
die er über alles schätzte.
Reitet übers Schlachtfeld eilends,
hat die Haube umgeschlagen,
die Kapuze sitzt im Nacken,
bietet das Gesicht dem Winde.
Zu ihm eilen die Vasallen.
Etwas sah mein Cid Rodrigo,
das ihm große Freude machte.
Hebt den Blick und wird nicht müde
anzuschaun, wie die Infanten
kommen, seine Schwiegersöhne,
beide Don Gonzalos Söhne,
und er freute sich und sagte:
»Seid willkommen, Schwiegersöhne!
Söhne seid ihr mir von nun an.
Weiß ich euch doch reich belohnt jetzt.
Eure Kampflust ist befriedigt.
In Carrión wird man euch rühmen,
wenn man hört, daß König Búcar
wir in dieser Schlacht besiegten.
Ich vertraue unsrem Schöpfer
und vertraue allen Heilgen,
daß aus diesem Siege alle
reichen Lohn empfangen werden.«
Da kommt auch der Álvar Fáñez,

hat den Schild am Halse hängen,
ganz zerschlagen von den Hieben
ist der Schild, doch keine Lanze
konnte diesen Schild durchbohren.
Blut von zwanzig Mauren rinnt am
Ellenbogen ihm hinunter.
»Dank sei Gott, dem Herrn im Himmel,
und Euch, Cid, dem Wohlgebornen!
Habt den Búcar Ihr getötet,
haben wir die Schlacht gewonnen.
Für Euch und für die Vasallen
sei das Gut, das wir erbeutet.
Eure Schwiegersöhne haben
ihren Mut erprobt im Felde,
tapfer kämpfend mit den Mauren.«
Sagt mein Cid: »Es ist mir Freude,
daß sie sich so gut gehalten.
Sind sie heute tapfer, morgen
werden sie noch tapfrer werden.«
Meint mit seinem Lob es ehrlich,
unser Cid. Die zwei Infanten
halten es für Spott und grollen.
Nach Valencia kommt die Beute.
Froh ist unser Cid, sind alle.
Jedem fallen beim Verteilen
zu sechshundert Mark in Silber.
Cid Rodrigos Schwiegersöhne,
als sie ihren Teil genommen
von der Beute und verwahrt ihn,
sagten sich, daß ihrer Lebtag
niemals Not sie leiden brauchten.
Überfluß ist in Valencia,
reich und köstlich sind die Speisen,
gute Pelze und Gewänder.
Cid Rodrigo ist voll Freude
und mit ihm die Seinen alle.

120 War ein großer Tag am Hofe,
als man dort den Sieg gefeiert
über Búcar, den getötet
unser Campeador Rodrigo.
Dieser hob die Hand, dann griff er
seinen langen Bart und sagte:
»Dank dir, Christ, dem Herrn der Welten,
läßt du mich doch noch erleben
alles, was so heiß ich wünschte,
daß an meiner Seite kämpfen
meine beiden Schwiegersöhne.
Gute Nachricht wird man hören
in Carrión bald von den beiden,
daß sie ehrenvoll und mutig
in der Feldschlacht sich erwiesen.«

121 Dieser Sieg hat überreiche
Beute jedem eingetragen.
Vieles hat schon jeder bei sich,
und das andre ist gesichert.
Von der Beute soll ein jeder
nehmen seinen Teil. Ein Fünftel
für den Cid nicht zu vergessen.
So erfüllten alle eifrig,
was der Cid geboten hatte.
Anteil Cid Rodrigos waren
an sechshundert edle Pferde,
Traggetier und auch Kamele,
eine Menge, nicht zu zählen.

122 All das hat der Cid gewonnen,
Campeador Rodrigo Díaz.
»Dank dir, Gott im Himmel droben,
Herr der Welt! Kam ich bis hierher
arm, bin ich jetzt reich geworden.
Habe Länderein und Gelder,
Gold und Ehre und als Söhne

die zwei Grafen von Carrión noch.
Jede Schlacht, mit Gottes Hilfe,
wird zum Sieg mir. Mauren, Christen
fürchten mich, und in Marokko,
dort, wo sie Moscheen bauen,
fürchten sie, daß eines Nachts ich
komme, um sie anzugreifen.
Fürchten es, obgleich ich selber
gar nicht daran denke, niemals.
Warum sollte ich sie suchen,
bin ich doch hier in Valencia.
Doch Tribut, den solln sie zahlen,
Gott wird mir dazu verhelfen,
zahlen mir und an die Meinen.«
Große Freude herrscht darüber
in der großen Stadt Valencia,
herrscht im Heere Cid Rodrigos
ob des Siegs, den sie errungen.
Freun sich auch die Schwiegersöhne,
an fünftausend Mark an Beute
haben sie für sich gewonnen.
Also glauben sie sich reich schon,
von Carrión die zwei Infanten.
Sie und andere noch kommen
zu dem Hofe Cid Rodrigos,
wo Jerónimo, der Bischof,
und der tapfre Álvar Fáñez,
und mit ihnen andre waren,
die Rodrigo aufgezogen.
Traten ein die zwei Infanten.
Álvar Fáñez, der empfängt sie
dort im Namen seines Herren.
»Kommt herein nur, meine Schwäger.
Ist es doch, daß durch euch beide
sich vergrößert unser Ansehn.«
Wie sie kommen, freut der Cid sich:
»Hier ist, liebe Schwiegersöhne,

meine Gattin, und hier sind auch
meine Töchter, Sol, Elvira,
mit dem Wunsch, euch zu umarmen
und zu lieben euch von Herzen.
Dank der heiligen Maria,
unsrer lieben Gottesmutter,
daß euch eure Heirat Ehre
eingebracht hat! In Carrión ist
bald der Ruhm von euren Taten.«

123 Antwort gibt auf diese Rede
Don Fernando. »Dank dem Schöpfer,
Dank auch Euch, Cid, Ehrenreicher!
Reichtum haben wir gewonnen,
daß zu zählen er unmöglich.
Auch ward Ehre uns durch Euch, Herr,
in dem Kampf auf offnem Felde.
Und die Mauren wir besiegten,
tötend ihren König Búcar
aus Marokko, den Verräter.
Cid, das andere bedenket,
denn das unsre ist gesichert.«
Die Vasallen Cid Rodrigos
lächeln, als sie solches hören.
Alle kämpften sie mit Eifer
dort im Angesicht des Feindes,
aber nirgends im Gemenge
hatten sie die zwei gesehen,
weder Diego noch Fernando.
Um den Spott, der sie verfolgte
überall, und das Gelächter
waren die Infanten zornig.
Zogen sich zurück, und abseits
rieten sie sich gegenseitig
schlecht, einander würdig, Brüder.
An dem, was sie da berieten,
möchte ich nicht Anteil haben.

»Gehen wir zurück nach Hause,
hier wird uns die Zeit nur lange.
Der Gewinn in unserm Beutel,
der ist mehr, als was wir brauchen,
und in unserm ganzen Leben
können wir ihn nicht verschwenden.«

124 »Laßt verlangen unsre Frauen
uns vom Cid Rodrigo Díaz,
sagen wir, daß wir sie führen
nach Carrión, um dort zu zeigen
unsre Länder, die ihr Erbe.
Nehmen wir sie aus Valencia,
aus der Macht des Cid, und nachher,
einmal auf dem Wege, tun wir
nach Belieben, ehe sie uns
die Geschichte mit dem Löwen
vor die Nase halten. Sind wir
doch von edlem Blute, Grafen,
von Carrión sind wir Infanten.
Was an Gut uns zugefallen,
ist von unschätzbarem Werte.
Und der Töchter Cid Rodrigos
spotten wir. Mit diesen Schätzen
sind wir beide reich für immer.
Mit des Kaisers Töchtern können
wir uns dann vermählen, sind wir
doch aus adligem Geschlechte.
Spotten wir der beiden Töchter
Cid Rodrigos, ehe sie uns
die Geschichte mit dem Löwen
schmählich vor die Nase halten!«
Einmal so entschlossen, kommen
beide wieder in die Halle,
heißen schweigen, die dort reden,
und das Wort nimmt Don Fernando:
»Gott sei mit Euch, Cid Rodrigo!

Mit Verlaub von Frau Jimena
und mit Eurem Zugeständnis,
dem von Álvar Fáñez und von
allen, die hier gegenwärtig,
gebt uns Eure beiden Töchter,
die uns ehlich angetraut sind,
nach Carrión sie zu geleiten,
ihre Länder zu bereisen,
diese in Besitz zu nehmen,
anzuschauen ihre Güter,
die jetzt unser und die einmal
unsrer Söhne Erbe werden.«
Den Verrat, den ahnt der Cid nicht.
»Meine Töchter ich euch gebe,
auch noch einige Geschenke.
Ihr gebt ihnen Städte, Burgen
in den Ländern von Carrión dort,
ich als Brautschatz gebe ihnen
noch dreitausend Mark in Silber,
Esel, Rosse zum Turniere,
Pferde für den Kampf euch beiden
und Gewänder, feine Seide
und dazu die beiden Schwerter,
die mir wert sind mehr als alles,
weil ich sie durch Mut gewonnen.
Geb ich euch die beiden Töchter,
schätze ich euch wie zwei Söhne.
Mit den Töchtern nehmt ihr mit euch
meines Herzens ganze Freude.
Wissen soll man in Galicien,
in Kastilien, in León, daß
meine beiden Schwiegersöhne
reich beschenkt ich ziehen lasse.
Dient mit Ehre meinen Kindern,
sie sind eure Ehegatten.
Und erfüllt ihr eure Pflichten,
guter Lohn ist stets euch sicher.«

Die Infanten, die versprachen,
alles treulich zu erfüllen,
und bekommen die zwei Töchter
meines Cid Rodrigo Díaz.
Sie erhalten auch die Gaben,
die der Cid versprochen hatte.
Aufzuladen sie befahlen,
als sie alles bei sich hatten.
Überall herrscht in Valencia
Kommen, Gehen und Bewegung.
Alle nehmen ihre Waffen,
um die Töchter Cid Rodrigos
noch beim Abschied zu begleiten.
Schon beginnen sie zu reiten,
ihnen Lebewohl zu sagen.
Da knien hin die beiden Schwestern,
Doña Sol, Doña Elvira,
vor den Cid, und beide sagen:
»Eure Gnade schenkt uns, Vater!
Schenkt sie uns in Gottes Namen!
Ihr habt uns gezeugt, die Mutter
hat uns dann das Licht gegeben.
Vor Euch, Herr, und unsrer Herrin
sind wir. Schickt Ihr nach Carrión uns,
müssen wir uns folgsam fügen,
doch wir bitten um die Gnade:
Nach Carrión von Euch schickt Nachricht!«.
Darauf küßte und umarmte
beide unser Cid Rodrigo.

125 Schloß der Vater in die Arme
seine Töchter, ihre Mutter
nahm sie zweimal in die Arme.
»Töchter«, sagt sie, »meine Töchter,
daß der Schöpfer euch beschütze.
Meine Liebe und die Liebe
eures Vaters, die ist mit euch.

Nach Carrión geht, wo Besitz und
Erbe warten. Glaub ich doch, daß
gut vermählt ihr alle beide.«
Ihrer Mutter und dem Vater,
die sie segnen und liebkosen,
küssen beide noch die Hände.
Schon beginnt der Cid zu reiten,
und der Zug ist in Bewegung.
Hoch zu Pferde, mit den Waffen,
tragen alle prächtge Kleider.
So verließen die Infanten
die berühmte Stadt Valencia,
Burg und Hof. Und von den Damen,
vom Geleit sie Abschied nahmen.
Ritten durch Valencias Huerta,
lustig mit den Waffen spielend.
Fröhlich war der Cid mit ihnen,
fröhlich, die den Cid begleiten.
Aber Ahnung und auch Zeichen
sagen dem, der sich umgürtet
mit dem Schwert zu guter Stunde:
Kummer wird die Freude trüben,
makellos wird sie nicht bleiben,
diese Ehe seiner Töchter.
Doch zu spät ist jetzt die Reue,
denn vermählt sind sie nun beide.

126 »Wo bist du, mein Neffe Félez,
du, Muñoz, Geschwisterkind mir,
Vetter meiner beiden Töchter
und mein Freund mit ganzer Seele?
Dir leg ich es auf, zu führen
nach Carrión sie alle beide
und zu sehen dort das Erbe
meiner Töchter. Mit der Nachricht
kehr zurück zum Campeador dann!«
Spricht Muñoz zu Cid Rodrigo:

»Gern erfüll ich Euern Auftrag.«
Dann Minaya Álvar Fáñez
stellt sich vor den Cid und sagt noch:
»Kehren wir jetzt nach Valencia,
denn so Gott will, unser Schöpfer,
gehn wir selber eines Tages
nach Carrión, um es zu sehen.«
»Gott empfehlen wir euch beide,
Doña Sol, Doña Elvira,
tut das Rechte, daß wir immer
nur mit Freude an euch denken.«
Und die Schwiegersöhne sagen:
»Dazu helf uns Gott im Himmel.«
Große Trauer fühlen alle
bei dem Abschied. Und der Vater
und die Töchter weinten. Alle
Ritter weinten mit voll Rührung.
»Hör mich, Neffe: Bei Molina
ist es nötig auszuruhen.
Eine Nacht sollt ihr dort bleiben.
Grüßt mir dort Abengalbón auch,
jenen Mauren, der mein Freund ist.
Er soll meine Schwiegersöhne
gut empfangen wie nur möglich.
Sag ihm, daß ich meine Töchter
in das Land Carrión hinsende.
Was sie brauchen, soll er geben,
ganz so, wie er es für gut hält.
Soll sie dann, ich bitte darum,
nach Medina noch begleiten.
Was er für sie tut, die Dienste
werde ich ihm nie vergessen.«
Wie der Nagel sich vom Finger
löst, sind sie getrennt von nun an.
Der zu guter Stund geboren
kehrt zurück, und nach Kastilien
brechen auf die zwei Infanten.

Rasten in Albarracín erst.
Die Infanten reiten eilig,
geben ihrem Pferd die Sporen.
In Molina sind sie bald schon,
bei dem Freund des Cid, dem Mauren.
Als der hört von ihrer Ankunft,
freut sein Herz sich, eilig geht er,
sie auch festlich zu empfangen.
Gott, mit Großmut dient er ihnen!
Nächsten Tags, schon früh am Morgen,
reitet mit zweihundert Rittern,
die er zum Geleit bestimmt hat,
unser Maure an der Spitze.
Reiten quer durch das Gebirge,
das man Berge von Luzón nennt,
wenden sich bei Arbujuelo,
den Jalón dann zu erreichen.
Ansarera heißt die Gegend,
ein Gelände für das Lager.
Cid Rodrigos beiden Töchtern
gibt der Maure noch Geschenke,
gute Pferde den zwei Grafen.
Alles tut er für Rodrigo.
Als die Grafen seine Schätze,
die er ihnen zeigte, sahen,
da beginnen die zwei Brüder
ihre Schandtat auszuhecken:
»Da wir es doch schon beschlossen,
unsre Frauen zu verlassen,
wenn wir diesen Mauren töten,
alles, was er hat, ist unser.
Sicher sind dann seine Schätze
bei uns, so als hätten wir sie
in Carrión schon. Nimmermehr würd
Recht von uns dem Cid Rodrigo.«
Als sie den Verrat besprachen,
alles dazu vorbereiten,

hört ein Maure sie, der ihrer
Sprache mächtig, und in Eile,
es Abengalbón zu sagen,
geht er: »Hüte dich vor diesen,
mein Gebieter. Dich zu töten
trachten sie, die beiden Grafen.«

127 Stieg zu Pferd Abengalbón, ein
Maure, tapfer, kühn und mutig.
Mit zweihundert seiner Leute
stellt er sich vor die Infanten.
Was der Maure ihnen sagte,
wenig freute es die beiden.
»Tät ich's nicht um Cid Rodrigo
aus Bivar, dem edlen Freunde,
würde ich es euch vergelten,
daß die ganze Welt noch lange
reden sollte von der Strafe.
Meines guten Freundes Töchter
würde ich ihm wiedergeben,
und ihr beide solltet nie mehr
Carrión dann wiedersehen.

128 Was nur tat ich euch, Infanten?
Während ich ohn Falsch euch diente,
dachtet ihr, mich umzubringen.
Hier will ich von euch mich scheiden
als von Schurken und Verrätern.
Mit Verlaub, Doña Elvira,
Doña Sol, ich geh, doch was von
den Infanten ich erfahren,
will mir wenig rühmlich scheinen.
Geb es Gott, der Herr der Welt ist,
er führ alles noch zum Rechten,
daß dem Cid der Töchter Ehe
Gutes bring und ihn erfreue.«
Dieses spricht er, und den Fluß er

überschreitet, Waffen spielend.
Und kehrt heim dann nach Molina
als ein Mann, klug und besonnen.
Schon verließen Ansarera
die Infanten von Carrión und
reiten, ohne anzuhalten,
Tag und Nacht durch, bis zur Linken
bleibt Atienzas starker Felsen.
Durch die Sierra dann von Miedes
reiten sie, bis sie zurückbleibt.
Im Gebirg von Montesclaros
spornen sie schon ihre Rosse,
lassen noch zur Linken Griza,
das von Álamos bewohnt war,
der dort in die Höhlen einmal
Elpha eingeschlossen hatte.
San Esteban dann zur Rechten
lassend, reiten die Infanten,
in den Eichenwald von Corpes
kommen die von Carrión nun.
Seine Äste streifen Wolken,
weil die Berge dort so hoch sind.
Eine Menge wilder Tiere
macht die Gegend dort gefährlich.
Fanden einen dunklen Winkel,
wo man hörte eine Quelle.
Ließen dort die Zelte richten.
Alle, sich zusammendrängend,
lagern dort. Mit ihren Frauen
in den Armen, Liebe heuchelnd.
Doch wie spotten sie der Treue
mit den ersten Sonnenstrahlen.
Lassen Tragetier beladen
mit den Schätzen. Auch die Zelte
lassen sie zusammenlegen.
Das Gesinde, alle Knechte,
schicken sie voraus. Sie selber

bleiben dann zurück. Befehlen:
Keiner darf bei ihnen bleiben,
weder Männer noch die Weiber,
nur die Gattinnen, die beiden,
Doña Sol, Doña Elvira,
sich mit ihnen zu ergötzen.
Alle haben sie verlassen,
nur die vier sind jetzt alleine.
Teuflisch bösen Anschlag hatten
ausgeheckt die zwei Infanten.
»Eure Stunde ist gekommen,
Doña Sol, Doña Elvira,
denn jetzt werdet ihr geschändet,
hier in diesen Bergen, beide.
Heut noch werden wir uns trennen,
lassen euch in dieser Wildnis.
Von Carrión und seinen Ländern
sollt ihr keinen Fußbreit haben.
Kunde wird der Cid bekommen
davon, und gerächt sind wir dann
für den Löwen in Valencia.«
Auf der Stelle beiden Frauen
reißen sie vom Leib den Mantel
und zerreißen ihre Kleider,
bis sie nackt im Hemde stehen.
Sporen haben die Verräter
an den Stiefeln, und die Riemen
nehmen sie in ihre Hände.
Als die Damen solches sehen,
bitten sie, und Doña Sol sagt:
»Don Diego und Fernando,
ihr habt gute, scharfe Schwerter,
um des Himmels willen schlagt uns
damit ab die beiden Köpfe,
denn bei Mauren und bei Christen
wird man euch um diese Schandtat
schmähen. Was ihr tut, das haben

nimmer wir verdient. Laßt ab doch
von so böser Tat. Schlagt ihr uns,
wird es euch zur Schmach gereichen.
Vor Gericht und auch am Hofe
wird man Rechenschaft verlangen.«
Bitten noch die edlen Damen,
doch umsonst. Die beiden Brüder
schlagen auf sie mit den Riemen,
treten sie auch mit den Sporen,
wo es sie am meisten schmerzte.
Noch die Hemden, die zerreißen
mit dem Fleisch sie, und in Strömen
fließt das Blut zum Gürtel nieder.
Und sie fühlen ihre Schmerzen
bis ins Herz. O welche Gnade,
gäbe Gott, wär in der Nähe
jetzt der Cid, um das zu sehen.
Sie verlieren das Bewußtsein
von den Schlägen. Rot die Hemden
von dem Blut, das ihren Leibern
nun entquillt. Die andern beiden
waren müde von dem Schlagen –
jeder trachtete, den andern
dabei noch zu übertreffen.
Lautlos blieben die zwei Frauen,
Doña Sol, Doña Elvira,
in dem Eichenwald von Corpes,
schon für tot gehalten, liegen.

129 Nehmen mit sich ihre Mäntel,
auch von Hermelin die Pelze.
Ließen sie in Ohnmacht liegen,
nur im Hemd und ihrem Gürtel.
Ließen sie den wilden Tieren,
Raubgevögel von den Bergen.
Ließen sie für tot und glaubten
sie nicht mehr lebendig. Gnade!

Oh! Welch große Gnade wär es,
könnte jetzt der Cid sie sehen!

130 Von Carrión die zwei Infanten
ließen sie für tot dort liegen.
Keine kann der andern helfen.
Wo sie gingen durch die Berge,
prahlten sie, die Übeltäter:
»Unsrer Ehe sind wir ledig,
und gerächt sind wir dazu noch.
Nicht einmal zu Kebsfraun hätten
wir sie nehmen dürfen, denn sie
waren ja nicht unsersgleichen.
Schmach und Spott von jenem Löwen
haben wir gerächt an ihnen.«

131 Prahlend gingen die Infanten.
Doch ich will euch nun erzählen
von Muñoz, Rodrigos Neffen.
Hatten ihn vorausziehn lassen
mit den andern, doch dem Félez
wollte dieses nicht gefallen.
Während alle weiterritten,
ließ sein Herz ihm keine Ruhe.
Abseits schlug er sich ins Dickicht,
seine Basen zu erwarten
oder, was die beiden Grafen
ihnen taten, zu erforschen.
Sah die beiden endlich kommen,
hörte, was sie sich erzählten,
die nichts ahnten, ihn nicht sahen.
Hätten sie ihn so gesehen,
wär er lebend nicht entkommen.
Ihre Pferde spornend, ritten
sie vorbei. Auf ihren Spuren
ritt zurück der gute Félez,
bis er fand die beiden Basen,

die dort noch bewußtlos lagen.
Rief sie: »Basen! Liebe Basen!«
Sprang vom Pferd und band es feste.
Ging zu ihnen. »Basen, Basen!
Doña Sol, Doña Elvira!
Böses taten euch die beiden.
Gott wird sie dafür bestrafen.«
Bringt sie zu sich dann mit Sorgfalt,
ganz allmählich, waren sie doch
so geschwächt, noch ohne Stimme.
Ihm zerspringt das Herz vor Kummer.
Rief sie: »Basen! Liebe Basen!
Doña Sol, Doña Elvira!
Wacht doch auf, geliebte Basen,
um die Liebe unsres Schöpfers!
Wacht, solang der Tag noch leuchtet,
denn nach Untergang der Sonne
fressen uns die wilden Tiere.«
Ganz allmählich kommen zu sich
Doña Sol, Doña Elvira.
Öffnen ihre Augen langsam,
sehen vor sich ihren Vetter.
»Nehmt zusammen eure Kräfte,
um des Himmels willen, Basen!
Denn wenn die Infanten merken,
daß im Troß ich fehle, werden
sie mich eilig suchen, ahnen,
wo ich bin, und hilft uns Gott nicht,
werden hier wir alle sterben.«
Hoffnungslos sagt und voll Trauer
Doña Sol: »Dank sei Euch, Vetter!
Unser Vater wird's Euch danken!
Gebt uns Wasser! Gebt zu trinken!
Gott im Himmel sei Euch gnädig!«
Einen neuen Hut hat Félez
in Valencia sich erworben,
diesen bringt er voll mit Wasser

seinen Basen, die so elend,
nach dem Trunk fühln sie sich besser.
Und ihr Vetter spricht zu ihnen,
Ruhe kann er ihnen geben,
tröstet sie und flößt den beiden
neuen Mut ein. Mit den Worten
hat er sie ganz aufgerichtet.
Hebt die Schwestern in den Sattel,
deckt sie dann mit seinem Mantel,
und das Roß am Zügel führend,
ziehn sie durch des Waldes Dickicht.
Mit der Sonne, früh am Morgen,
sind sie an des Waldes Rande
und am Wasser des Duero.
In dem Turm Doña Urracas
finden sie dann eine Herberg.
Und Muñoz, der gute Vetter,
reitet hin nach San Esteban,
wo er findet Diego Téllez,
der im Dienst von Álvar Fáñez.
Als der hörte, was geschehen,
lastet ihm das Herz im Leibe.
Nimmt die Pferde und Gewänder,
würdig solcher edlen Damen,
geht, die Schwestern zu empfangen,
und bringt sie nach San Esteban.
Dort pflegt er sie dann aufs beste.
Sittsam und bescheiden waren
immer die von San Esteban.
Als sie wußten, was geschehen,
tat es ihnen leid im Herzen,
und den Töchtern Cid Rodrigos
brachten sie von ihrer Nahrung.
Diese blieben dann bei ihnen,
bis sie heil von ihren Wunden.
Währenddessen prahlten weiter
von Carrión die zwei Infanten.

Durch die Länder lief die Nachricht,
und dem guten König Alfons
lag sie schwer auf seinem Herzen.
Böse Kunde kommt auch schließlich
nach der großen Stadt Valencia.
Als sie meinem Cid es sagen,
bleibt er stumm. Sehr lange schweigt er.
Lange denkt er, überlegt er.
Hebt dann langsam seine Rechte,
greift mit ihr nach seinem Barte:
»Dank im Himmel Jesus Christus!
Herr der Welt! Daß solche Ehre
angetan mir die Infanten.
Bei dem Bart, den mir noch keiner
je gezaust hat, niemals werden
mich entehren die Infanten.
Meine Töchter eines Tages
werde ich noch gut vermählen.«
Kummer drückt den Cid und alle
dort am Hofe. Und im Herzen
fühlte ihn der Álvar Fáñez.
Ritt Minaya und Bermúdez,
ritt auch Martín Antolínez,
dieser edle Burgalese.
Mit zweihundert Reitern schickt sie
unser Cid Rodrigo Díaz.
Tag und Nacht sie reiten sollen,
heimzubringen seine Töchter
nach der großen Stadt Valencia.
Weilten nicht, es zu erfüllen.
Ritten, ohne anzuhalten,
bis Gormaz, der starken Festung,
wo sie ruhten eine Nacht lang.
Nach dem nahen San Esteban
lief die Nachricht, daß Minaya
kam, die zwei zurückzuholen.
Und die Männer von Esteban,

wie es Art bei rechten Männern,
gingen, den Minaya Fáñez
und die Seinen zu empfangen.
Bieten auch ihm den Tribut an.
Er doch wollte ihn nicht nehmen,
dankte ihnen nur von Herzen.
»Dank euch, Männer von Esteban –
überlegt habt ihr gehandelt.
Für die Ehre, die bei diesem
Vorfall ihr uns habt erwiesen,
großen Dank ist auch Rodrigo,
unser Cid, euch allen schuldig.
So, in seinem Namen danke
ich es euch an diesem Tage.
Dank es euch auch Gott im Himmel.«
Alle dankten es ihm wieder,
voll Zufriedenheit, mit Freude.
Diese Nacht, sich auszuruhen
von der Reise, gingen alle.
Und Minaya Álvar Fáñez
ging zu sehen seine Basen.
Mit weit offnen Augen schauen
ihn die beiden edlen Frauen,
Doña Sol, Doña Elvira:
»Dank Euch wie dem Schöpfer selber.
Dankt es ihm, daß wir am Leben.
Kommen wieder ruhge Tage
in der großen Stadt Valencia,
haben wir euch zu erzählen
von dem Groll in unsren Herzen.«

132 Álvar Fáñez und die Frauen
wurden Herr nicht ihrer Tränen,
wie Bermúdez auch, der sagte:
»Doña Sol, Doña Elvira,
länger sollt ihr euch nicht kümmern,
denn heil seid ihr und lebendig.

Ging die Hochzeit auch verloren,
wird sich beßre Hochzeit finden.
Und wir alle, so es Gott will,
werden noch den Tag erleben,
an dem wir euch rächen können.«
Diese Nacht froh ruhn sie alle,
und am nächsten Morgen, früh schon,
sitzen wieder sie im Sattel.
Die von San Esteban sagen
Abschied ihnen und begleiten
sie noch bis Río d'Amor hin,
kehren um dort. Der Minaya
und die Frauen reiten weiter.
Sie durchqueren Alcoceba,
und Gormaz, die starke Feste,
lassen sie zur rechten Seite,
weiter fort nach Vadorrey dann,
bis sie in dem Ort Berlanga
endlich rasten. Und am Morgen
machen sie sich nach Medina
auf und nehmen müde Herberg.
Von Medina nach Molina
gehen sie am nächsten Tage,
wo Abengalbón, der Maure,
sich schon freute, sie zu sehen.
Kam gleich, um sie zu empfangen,
immer dienstbereit und willig.
Um die Freundschaft für Rodrigo
läßt er reichen Tisch bereiten.
Von hier ziehen geradenweges
nach Valencia sie. Die Kunde
kam zum Cid, dem Auserwählten.
Auf sein Pferd schwingt er sich eilig,
zu empfangen sie. Entgegen
eilt er, und vor Freude möchte
er mit seinen Waffen spielen.
Und der Cid, er eilt entgegen

seinen Töchtern. Nimmt sie fest in
seine Arme, beide küßt er
sie und lächelnd spricht er also:
»Kommt ihr, meine lieben Töchter?
Gott schütz euch vor allem Bösen!
Ohne Widerspruch zu wagen,
gab zur Hochzeit ich mein Jawort.
Oh, nun geb mein Schöpfer droben
beßre Einsicht mir, und besser
will ich – kommt die Zeit dazu dann –
euch zum zweitenmal vermählen.
Rache an den Schwiegersöhnen
gebe mir mein Gott im Himmel.«
Und die Töchter, ihrem Vater
küssen sie die beiden Hände.
Dann, die Waffen spielend, ziehen
ein sie in Valencias Mauern.
Dort, die Mutter – Gott, wie freute
sich Jimena! Nicht verzögern
wollte der so Wohlgeborne,
unser Cid, Jimenas Freude.
Sprach mit allen seinen Treuen.
Kunde schickt er nach Kastilien,
Klage an den Hof Alfonsos.

133 »Wo bist du, Gustioz, mein Schwager,
mein Vasall, erprobt in Treue?
Mir zur Ehr, an meinem Hofe
und zu guter Stund erzogen.
Bring die Kunde nach Kastilien
zu dem König, meinem Herren.
Küsse ihm in meinem Namen
seine Hand, wahr und von Herzen,
bin ich ihm doch untertänig,
da er doch vor Gott mein Herr ist.
Von der Schmach, die die Infanten
von Carrión mir zugefügt, sag,

daß er, ein gerechter König,
es erwäg in seiner Seele.
Er war es, der meine Töchter
an die zwei vermählte. Er gab
sie in deren Hände. Ich nicht.
Nun sind sie bedeckt von Schande,
und ist Schmach auf uns gefallen,
trifft die Schuld ihn, meinen Herren.
Meine Güter, Ehegaben
haben sie mit sich genommen.
Zu der Schande kommt der Schaden.
Vor Gericht sind sie zu fordern,
vor den Hof, die beiden Grafen,
solches ist mein Recht, denn groß sitzt
mir der Groll in meinem Herzen.«
Und Gustioz, der reitet eilig,
nimmt die Straße nach Kastilien.
Mit ihm gehen noch zwei Ritter,
ihm zu dienen, und die Knechte.
Und sie ziehen aus Valencia,
unermüdlich, Tag und Nacht durch,
ohne Herberge zu nehmen.
Ihren König, Don Alfonso,
finden sie in Sahagún dann.
König ist er von Kastilien,
von León und auch Asturien,
wo die Stadt San Salvador ist.
Bis Santiago reicht sein Zepter,
schwuren ihm doch auch die Treue
alle Grafen von Galicien.
Steigt vom Pferd herab Gustioz und
beugt das Knie vor allen Heilgen,
betet dann zu seinem Schöpfer,
bittend ihn um Beistand. Geht dann
zum Palaste, wo der Hofstaat
ist versammelt um den König.
Mit ihm gehen die zwei Ritter,

ihrem Herren stets zu Diensten.
Kaum durchschreiten sie die Türe,
hat der König sie gesehen,
und im Augenblick erkannte
er den Boten Don Rodrigos.
Er erhebt sich und empfängt ihn
voller Ehre. Niederkniend
küßt Gustioz des Königs Füße.
»Grüß Euch, König vieler Reiche,
Herr, so nennen sie Euch alle.
Durch mich, doch in seinem Namen,
küßt Rodrigo Euch die Hände,
auch die Füße und versichert
Euch damit Vasallentreue.
Seine Töchter gabt den Grafen
von Carrión Ihr hin zur Ehe.
Große Hochzeit ward gefeiert,
weil Ihr, Herr, es so gewollt habt.
Ihr seid wohl schon unterrichtet
von der Ehre, die uns allen
diese Hochzeit eingetragen,
wie uns schmähten die Infanten
und mißhandelten die Töchter
meines Cid Rodrigo Díaz.
Wie sie schamlos, nackt, sie schlugen,
um die Schmach noch zu vergrößern,
sie dann wund im Walde ließen,
dort im Eichenwald von Corpes,
ausgesetzt dem Raubgevögel
und der Wut der wilden Tiere.
In Valencia sind nun beide.
Deshalb bitt ich vor Euch, König,
ein Vasall vor seinem Herren,
fordert sie vor die Versammlung,
vor Gericht, die zwei Infanten.
Schmähten sie den Cid, so haben
sie Euch selbst noch mehr beleidigt.

Bitter ist das für Euch, König,
doch nun wißt Ihr es: Im Rechte
ist mein Cid und nicht die Grafen.«
Eine Weile schweigt der König,
denkt noch lange nach, dann sagt er:
»Wahrlich, sag ich dir, der Kummer
drückt mein Herz, und was du redest,
mein Gustioz, das ist die Wahrheit.
Denn ich war's, der die zwei Töchter
in die Hände gab den Grafen.
Es geschah aus gutem Willen,
tat es nur zu ihrem Besten.
Heut beklage ich die Hochzeit.
Wäre es doch nie geschehen!
Mir so wie dem Cid, gleich beiden,
liegt wie Steine es im Herzen.
Und zu seinem Recht verhelfen
will ich ihm, bei Gott im Himmel!
Was ich nie zu müssen glaubte,
dazu bin ich jetzt gezwungen.
Meine Boten will ich schicken,
auszurufen zum Gerichte.
Von Carrión die zwei Infanten
fordre ich, sich einzufinden
in Toledo, und mit allen
Rittern, Grafen und Infanten
sie zu zwingen, Recht zu stehen
vor dem Cid Rodrigo Díaz.
Groll soll nirgends sich verstecken,
solang ich es kann verhindern.

134 Sagt dem Cid Rodrigo Díaz,
der zu guter Stund geboren,
daß von heut in sieben Wochen
er sich mit den Seinen rüste,
in Toledo zu erscheinen.
Diese Frist will ich ihm geben.

Um der Freundschaft willen zu ihm,
will ich dann Gerichtstag halten.
Grüßt mir alle, die mit ihm sind,
und seid alle ohne Sorge.
Für das, was man euch getan hat,
wird man bald euch Sühne zahlen.«
Von dem König scheidet Muño,
kehrt zurück zu Cid Rodrigo.
Wie der König es versprochen,
so gedenkt er es zu halten,
und Alfonso von Kastilien
säumt nicht. Sendet seine Briefe
nach León und Santiago,
schickt sie auch den Portugiesen
und an alle in Galicien,
auch an die von Carrión und
an die Edlen in Kastilien.
Nach Toledo, wie befohlen,
zum Gericht ruft er sie alle.
Daß sie alle sich versammeln
dort, von heut in sieben Wochen,
und der Bann soll jeden treffen
und Verlust von Ehr und Lehen,
jeden, der dort fehlt am Tage.
Durch die Länder seines Reiches
ruft man aus es: Keiner wage
seines Königs Ruf zu trotzen.

135 Schon voll Sorge sehn die Grafen
von Carrión, die zwei Infanten,
daß der König nach Toledo
das Gericht ruft. Fürchten sie doch,
daß erscheint dort Cid Rodrigo.
Suchen Rat bei den Verwandten
und erflehen von dem König,
daß er sie davon entbinde,
in Toledo zu erscheinen.

»Von mir soll das nicht geschehen«,
sagt der König, »denn Rodrigo
Campeador, mein Cid, kommt dorthin.
Rechenschaft habt ihr zu geben.
Gegen euch steht seine Klage.
Denn wer dem Befehle trotzet,
meinem Ruf nicht Folge leistet,
sei aus meinem Reich verstoßen,
meine Gnade hat er nimmer.«
Damit sahen die Infanten:
Es war nötig, hinzugehen.
Sie beraten mit Verwandten.
Unter denen, die beraten,
ist der Graf auch, Don García.
Feind war stets er Cid Rodrigo,
suchte immer ihm zu schaden.
Kam die Frist. Von allen Seiten
strömt man hin zu der Versammlung.
Mit den ersten kommt der König
und mit ihm Graf Don Enrique,
Don Ramón, des Kaisers Vater.
Auch dabei sind die zwei Grafen
Don Bribón und Don Fruela.
Viele andre aus dem Reiche
kamen, die des Rechtes kundig.
Von weither, aus ganz Kastilien,
von den Besten noch die Besten.
Kamen auch der Graf García,
dieser »Crespo de Grañón« und
Álvar Díaz, Herr von Oca,
und Asur González, der mit
dem Gonzal' Ansúrez reiste,
wisset auch, daß Per Ansúrez
sich dort einfand, und Don Diego,
Don Fernando, diese beiden,
die sind auch dort und mit ihnen
großer Anhang, der zum Hofe

ihnen folgte, zu versuchen,
sehr zu schaden Cid Rodrigo.
Volk aus allen Ländern hat sich
dort schon zum Gericht versammelt.
Der nur, der zu guter Stunde
einst Geborene, der fehlte
immer noch, und die Verspätung
meines Cid mißfällt dem König.
Nach fünf Tagen langen Wartens
kam der Cid Rodrigo Díaz.
Álvar Fáñez den Minaya
schickt voraus er, um zu küssen
seines Herrn und Königs Hände.
Diese Nacht, wie er versprochen,
wird er nach Toledo kommen.
Als der König dieses hörte,
freut er sich darüber herzlich,
und mit zahlreichem Gefolge
reitet er dem Cid entgegen.
Stolz und stattlich kommt Rodrigo.
Gute Ritter, seiner würdig,
geben ihm das Ehrgeleite.
Als der König Don Alfonso
ihn von weitem schon gewahr wird,
springt der Cid aus seinem Sattel.
So, zu Fuß, demütig will er
ehren seinen Herrn und König.
Und der König ruft ergriffen:
»Cid, mein Cid! Bleibt mir im Sattel,
bei Sankt Isidor, dem Heilgen,
setzt den Fuß nicht auf die Erde.
Hoch zu Rosse sollt Ihr reiten.
Unser Kuß eint Herz und Seele,
denn was Euch bedrückt, das schmerzt mich
so wie Euch. In Gottes Namen,
Ehre werde dem Gerichte,
das Ihr ehrt durch Euer Kommen.«

»Amen!« sagt der Campeador nur,
von Bivar, mein Cid Rodrigo.
Küßt die Hände Don Alfonso,
küßt ihn auf den Mund und sagt dann:
»Gott sei Dank! Vor meinen Augen
sehe ich Euch, Herr. Ich beuge
mich vor Euch, vor Don Ramón und
vor dem Grafen Don Enrique
und vor allen, die versammelt.
Gottes Schutz auf unsren Freunden,
und auf Euch, mein Herr und König!
Meine Frau, Doña Jimena,
Edelfrau mit allen Ehren,
küßt die Hände. Auch die Töchter
küssen Euch die Hände, König,
mit zu fühlen unser Unglück.«
»Tief sitzt es in meinem Herzen«,
sagt der König, »Gott ist Zeuge!«

136 Nach Toledo, hoch zu Pferde,
kehrt der König. Doch Rodrigo
will in dieser Nacht den Tajo
noch nicht überschreiten. »König,
mit Verlaub, und Gottes Gnade
sei mit Euch, zur Stadt nur reitet.
Ich will mit den Meinen bleiben
diese Nacht in San Servando,
auszuruhen, bis mein Heerbann
nachkommt. Bei den Kerzen will ich
diese Nacht die Wache halten
hier an dieser heilgen Stelle.
Morgen mit dem Frührot ziehe
ein ich in die Stadt Toledo.
Vor die Richter, dort versammelt,
mich zu stellen vor dem Essen.«
Sagt der König: »Was Ihr redet,
ist mir recht, Cid. Es geschehe!«

Nach Toledo geht Alfonso,
und mein Cid Rodrigo Díaz
bleibt zurück in San Servando,
läßt die Kerzen vorbereiten
und sie tragen zum Altare.
Will er doch die Nacht dort beten,
seinen Schöpfer darum bitten,
ihm mit Rat recht beizustehen.
Währenddessen Álvar Fáñez,
alle, die dort bei ihm waren,
waren fertig, ihm zu folgen,
ehe noch der Morgen graute.

137 Sangen ihre Morgenandacht,
bis die ersten Sonnenstrahlen
Wolken säumten. Als die Sonne
strahlend aufging, war die Messe
schon zu Ende. Ihr Gelübde,
innig und aus tiefem Herzen,
taten sie vor dem Altare.
»Ihr, Minaya Álvar Fáñez,
meine rechte Hand wie immer,
und Jerónimo, der Bischof,
beide sollt ihr mit mir kommen,
Per Bermúdez und Gustioz auch
mit dem guten Antolínez,
diesem Trefflichen aus Burgos,
dazu kommen mit mir Álvar
Salvadórez und Muñoz, der
mir zu guter Stund geboren,
und mein lieber Neffe Félez.
Mit mir kommt auch noch Mal Anda,
der ein großer Rechtsgelehrter,
und aus Aragón Galindo
der Garcíaz. Hier mit diesen
insgesamt einhundert Mannen.
Angetan mit dicken Wämsern,

um des Eisens Druck zu mildern,
und darüber Kettenhemden,
glatt und glänzend wie die Sonne,
über diesen dann die Pelze,
Hermelin und lange Mäntel,
fest an Seidenschnüren hängend,
daß die Waffen man nicht sehe.
Unterm Mantel noch die Schwerter
mit der biegsam scharfen Klinge.
So will ich vorm Hof erscheinen,
mir vor ihm mein Recht zu fordern,
meine Klage vorzubringen.
Wenn zu schaden mir versuchen
von Carrión die zwei Infanten,
mit nur hundert meiner Männer
läßt mich das ganz ohne Sorge.«
Alle rufen: »Herr, so sei es!«
So wie er es anbefohlen,
so sind alle vorbereitet.
Dem zu guter Stund Gebornen,
nichts fehlt ihm. Aus feinstem Tuche
sind die Hosen, über ihnen
feine Stiefel schönster Arbeit,
und das Hemd aus bestem Leinen,
weiß und rein so wie die Sonne.
Alle Schnallen, die aus Silber
und aus Gold die Ärmel schließen.
Das Gewand aus Gold und Seide,
über ihm hochrot der Mantel
mit den Spangen auch aus Golde.
Rot und Gold, das sind die Farben,
die der Cid von jeher liebte.
Eine Haube auf den Haaren,
die, gewirkt aus feinstem Faden,
auch mit Gold geschmückt ist, nützlich,
daß das Haar sich nicht verwirre.
Seinen langen Bart, den trug er

festgebunden, schnurumwunden,
vorsichtig, für alle Fälle.
Kostbar war sein Mantel, alle
sahn voll Staunen ihn, bewundernd.
Mit den hundert Rittern, die er
dazu ausgewählt hat, reitet
unser Cid aus San Servando
im Galopp hin zum Gerichtsplatz.
Vor dem Tor springt er vom Pferde.
Feierlich mit dem Gefolge
tritt er ein, der Cid inmitten,
seine Ritter ihm zur Seite.
Von dem Sitz erhebt der König
sich und alle, als sie sahen
den zu guter Stund Gebornen,
auch die Grafen, Don Enrique
und Ramón, sie stehn zum Zeichen
ihrer Ehrfurcht vor dem Edlen.
Aber trotzig blieben sitzen
jener »Crespo de Grañón« und
aller Anhang der Infanten.
Bei den Händen nimmt der König
meinen Cid: »Kommt, setzt Euch zu uns
hier auf diese Bank, die Ihr mir
einmal als Geschenk gegeben!
Ist's auch einigen zuwider,
besser noch seid Ihr, als wir sind.«
Darauf sagte seinen Dank ihm,
der Valencia gewonnen:
»Setzt auf Eure Bank Euch gnädig,
seid Ihr doch mein Herr und König.
Hier setz ich mich mit den Meinen,
zwischen sie, so wie mir's zukommt.«
Diese Worte Cid Rodrigos,
die gefielen seinem König.
Auf die schöne Bank setzt er sich
also. Und die hundert Ritter,

die den Cid begleiten, setzen
sich um diesen. Alle schauen
auf den Cid, der ganze Hofstaat.
Seinen langen Bart, umwunden
von der Schnur, und seine Gesten,
edel, mutig, stolz und männlich.
Nur die zwei Infanten, schamvoll,
wagen nicht den Blick zu heben.
Es erhebt sich Don Alfonso,
und so spricht er: »Hört mich alle:
Unser Schöpfer ist uns Zeuge,
seit ich König bin, nur zweimal
rief ich das Gericht zusammen.
Einmal rief ich es nach Burgos,
nach Carrión zum zweiten Male,
und zum dritten nach Toledo
komme ich, um Recht zu sprechen.
Aus der Liebe zu Rodrigo,
der zu guter Stund geboren,
daß er Rechenschaft erhalte
von den Grafen von Carrión, die
großes Unrecht ihm bereitet,
von dem wir hier alle wissen.
Richter sind in diesem Streite
Don Ramón und Don Enrique,
mit den andern Grafen allen,
die parteilos in dem Streite.
Da ihr alle das Gesetz kennt,
nehmt in acht es, Recht zu finden.
So ist es mein Wille. Friede
sei, von beiden Seiten, heute.
Schwör bei Isidor, dem Heilgen
ich, der König: Der es wagte,
im Gericht zu stiften Aufruhr,
sei aus meinem Reich verstoßen,
meine Gnade ihm entzogen.
Auf der Seite dessen, der im

Recht ist, bin auch ich, der König.
Jetzt beginne Cid Rodrigo
seine Klage vorzubringen!
Was darauf zu sagen wissen
die Infanten, hörn wir später.«
Küßt mein Cid die Hand des Königs
und erhebt sich: »Dank Euch, König,
Dank für alles, was an diesem
Hofe Ihr für mich getan habt.
Das verlange ich von jetzt an
von den Grafen, den Infanten:
Keine Schande soll mir bleiben,
daß sie meine Töchter ließen.
Ihr habt sie vermählt, mein König,
was zu tun ist, das ist Euer!
Als sie meine Töchter nahmen
aus der großen Stadt Valencia,
liebte ich die Schwiegersöhne,
liebte sie von ganzem Herzen,
und als Zeichen dafür gab ich
ihnen meine beiden Schwerter,
die Colada und Tizón auch,
die im Kampfe ich erworben,
daß sie mit den beiden Klingen
Ehr in Eurem Dienst gewinnen.
Als sie meine Töchter ließen,
in dem Eichenwald von Corpes,
schutzlos beide, mit mir brachen
sie den Bund, und meine Liebe
haben sie seither verloren.
Meine Schwerter will ich wieder.
Sie sind nicht mehr meine Söhne.«
Beifall nicken da die Richter:
»Richtig ist es, was er sagte.«
Spricht darauf Graf Don García:
»Antwort geben wir der Klage.«
Treten abseits die Infanten,

die Verwandten und ihr Anhang,
um die Antwort zu beraten.
»Milde ist Rodrigos Klage,
zeiht er uns doch nicht der Schande,
die wir seinen Töchtern taten.
Geben wir ihm beide Schwerter,
die er von uns will, die Sache
steht dann sicher für uns besser.
Mehr von uns zu fordern, hat dann
Cid Rodrigo gar kein Recht mehr.«
Alle damit einverstanden,
kehren sie zurück zum Hofe.
»Gnade, König Don Alfonso.
Daß der Cid uns gab die Schwerter,
können wir nicht leugnen. Wenn er
sie so liebt, daß er sie beide
jetzt von uns verlangt, dann geben
wir sie vor Euch gern ihm wieder.«
Und sie holten die Colada
und Tizón, und beide legten
sie in ihres Königs Hände.
Als man sie aus ihrer Scheide
zog, da staunten alle Leute.
Griff und Kreuz aus purem Golde.
Alle, die es sahen, staunten.
Zu sich ruft den Cid der König.
Gibt ihm gleich die beiden Klingen.
Sie empfangend, küßt Rodrigo
seinem König beide Hände.
Dann kehrt er zurück zum Sitze,
den er grad verlassen hatte.
Hielt sie noch in seinen Händen,
lange sah er auf sie zärtlich.
Niemand konnt sie ihm vertauschen,
kannte sie doch keiner besser.
Das erfreut den Cid. Er lächelt,
und inzwischen hebt die Hand er,

streicht den langen Bart und sagt dann:
»Hier, bei diesem Bart, den bisher
keiner mir zu zausen wagte:
So wird meinen Töchtern Rache,
Doña Sol, Doña Elvira.«
Seinen Neffen ruft beim Namen
er, Don Pero. Streckt den Arm ihm
mit dem Schwert Tizón entgegen:
»Nehmt, mein Neffe, diese Klinge,
daß sie bessern Herren habe.«
Dann ruft er nach Antolínez,
diesen Trefflichen aus Burgos,
reicht ihm hin das Schwert Colada:
»Antolínez, treuer Diener,
nehmt Colada, diese Klinge.
Einem guten Herren habe
ich im Kampf sie abgewonnen.
Aus dem großen Barcelona
Berenguer, der Don Ramón, war's.
Euch geb ich das Schwert, daß besser
Ihr es führt und es verwaltet.
Weiß ich doch: dort, wo es not ist,
wird viel Ehre es Euch bringen.«
Seine Hand küßt Antolínez
ihm, als er aus ihr das Schwert nimmt.
Und der Cid erhebt sich wieder:
»Dank dem Schöpfer und Euch, König!
Meine Schwerter hab ich wieder,
doch ein andrer Groll noch bleibt mir
gegen die von Carrión, denn
als sie meine beiden Töchter
aus Valencia damals führten,
gab ich ihnen Gold und Silber,
dreimal tausend Mark von Werte,
während sie mir Schande suchten.
Ich verlang die Summe wieder,
meine Söhne sind sie nicht mehr.«

Jetzt sah man die beiden jammern,
von Carrión die zwei Infanten.
Graf Ramón befiehlt mit Strenge:
»Ja sagt oder nein jetzt deutlich!«
Also geben beide Antwort:
»Gaben wir ihm doch die Schwerter,
daß er mehr nicht von uns fordre.«
Don Ramón, der Graf, erwidert:
»Wenn es unsrem König recht ist,
unser Spruch, der lautet also:
Was der Cid von euch hier fordert,
das müßt ihr ihm wiedergeben.«
Drauf der König Don Alfonso:
»Damit bin ich einverstanden.«
Es erhebt sich Cid Rodrigo:
»Alles Gut, das ich euch damals
gab, das gebt ihr jetzt mir wieder
oder Rechenschaft darüber.«
Die Infanten gehn beiseite,
um zusammen zu beraten,
doch sie wissen keinen Ausweg.
Vieles hat der Cid gegeben,
doch verpraßt ist alles lange.
Kehrn zurück mit ihrer Antwort,
sprechen, wie es ihnen ratsam:
»Sehr bedrängt uns Cid Rodrigo,
der erobert hat Valencia.
Doch wenn er auf unsre Habe
unbedingt es abgesehen,
zahlen wir mit Ländereien
von Carrión ihm das Verlangte.«
Als sie vor Gericht das sagen,
geben Antwort drauf die Richter:
»Ist der Cid damit zufrieden,
wollen wir es nicht verbieten.
Doch befiehlt euch unser Urteil:
hier, an diesem Hofe sollt ihr

jetzt das Geld ihm übergeben.«
Als er diese Worte hörte,
sprach der König Don Alfonso:
»Gut ist uns bekannt, wer recht hat.
Recht ist auf Rodrigos Seite.
Von den dreimal tausend Münzen
ich bewahre noch zweihundert,
die mir die Infanten gaben.
Weil sie mir nur Schande brachten,
gebe ich das Brautgeld wieder.
Haben Sie dem Cid zu zahlen,
mag ich es nicht länger haben.«
Sprach Fernando Graf González:
»Vom geprägten Golde blieb uns
nichts mehr übrig.« Darauf sagte
Don Ramón: »Das Gold und Silber,
ihr habt es verbraucht, so zahlt ihr
unserm Campeador mit Waren.
Das ist unser Spruch und Urteil,
vor dem König, unsrem Herren.«
Keine Ausflucht blieb mehr übrig
für die Grafen, die Infanten.
Mußten trachten aufzutreiben
soviel Pferde, gute Renner,
Rosse für die Schlacht und Esel,
eine große Menge Schwerter,
reich, in kostbarem Gehänge.
Nach der Schätzung des Gerichtes
nahm das alles Cid Rodrigo.
Über die zweihundert Münzen,
die der König aufbewahrte,
zahlten ihm die zwei Infanten
alles. Mußten sich noch borgen,
weil das Eigene nicht reichte.
Schlecht fiel für sie aus das Urteil.

138 Was der Cid an Gut so eintrieb,
übergab er seinen Mannen,
die es zu bewachen hatten.
Doch als dies Geschäft zu Ende,
da erwähnte er noch etwas:
»Gnade, Herr und König, Gnade!
Um der Menschenliebe willen!
Noch kann ich ihn nicht vergessen,
meinen tiefsten Groll im Herzen.
Höre mich jetzt die Versammlung:
Schande haben die Infanten
auf mein Haupt gehäuft, so kann ich
sie nicht einfach ziehen lassen,
ohne sie zum Kampf zu fordern.

139 Sagt mir! Was tat ich euch Böses,
Grafen? Hab ich euch im Scherze
oder Ernst jemals beleidigt?
Tat ich es, ich will es sühnen,
hier vor allen, hier am Hofe.
Wenn nicht, warum habt ihr mir dann
meines Herzens Haut zerrissen?
Meine beiden Töchter gab ich
euch mit Ehre und mit Reichtum.
Liebtet ihr sie nicht mehr, warum
dann, ihr falschen Hunde, warum
rißt ihr sie von meiner Seite?
Warum habt ihr sie verwundet
mit der Geißel, mit den Sporen?
Dort im Eichenwald von Corpes
ließet ihr sie hilflos beide,
Geiern, wildem Tier zum Fraße.
Für das, was ihr dort getan habt,
seid ihr der Verachtung würdig.
Steht ihr Rede nicht und Antwort,
solln den Spruch die Richter fällen.«

Auf springt jetzt Graf Don García.
»Gnade! König, größter aller,
die in Spanien je regierten!
Vorbereitet kommt zum Hofe
her der Cid und listig. Dazu
ließ er lang den Bart sich wachsen,
daß er diesen Angst einjage
und den andern wilden Schrecken.
Von Carrión die zwei Infanten,
die sind von so hohem Range,
daß sie nicht einmal als Kebse
lieben durften seine Töchter.
Wer ist er, daß er die beiden
ihnen gab als Ehefrauen?
Herr, mit vollem Rechte durften
sie die Weiber dort verlassen.
Alles, was er sagt, o König,
wertlos ist es, gilt uns gar nichts.«
Jetzt greift unser Cid zum Barte:
»Gott sei Dank, dem Herrn im Himmel!
Lang ist dieser Bart. Mit Eifer
hab ich ihn gepflegt. Was habt Ihr
gegen meinen Bart, Ordóñez?
Ist es, weil ich ihn so pflegte?
Keine freche Hand ihn faßte?
Niemand jemals ihn geschüttelt,
so wie ich gezaust den Euren
bei dem Angriff einst in Cabra,
als ich jene Burg erstürmte
und sie nahm wie Euch am Barte?
War kein Bürschchen dort in Cabra,
das imstande nicht gewesen,
sich ein Büschel auszurupfen.
Was ich selbst mir rupfte, trage
ich noch hier in meiner Tasche.«

141 Der Infant Fernán González
steht jetzt auf von seinem Sitze.
Was er schrie mit lauter Stimme,
soll euch jetzt zu Ohren kommen:
»Laßt es, Cid, mehr noch zu reden.
Was an Gütern Ihr verloren,
alles haben wir beglichen.
Macht den Streit, der zwischen uns ist,
nicht noch schlimmer. Wir sind Grafen
hohen Ranges. Mit den Töchtern
eines Königs, eines Kaisers
haben wir uns zu vermählen.
Eines niedern Edeln Töchter
waren nicht für uns. Als wir sie
ließen, waren wir im Rechte.
Ihr sollt wissen, höher schätzen
wir uns darum, nicht geringer.«

142 Cid Rodrigo wechselt Blicke
mit dem guten Per Bermúdez:
»Sprich jetzt«, sagt er, »Per, der Stumme,
Mann, der immer schweigt! Sie schmähen
meine Töchter, deine Basen.
Schreien es in das Gesicht uns.
Gäb ich ihnen selbst die Antwort,
kämst du nicht mehr in die Schranken.«

143 Per Bermúdez will nun sprechen.
Seine Rede kommt nur stockend,
schwer nur löst sich ihm die Zunge.
Doch beginnt er einmal, wisset,
läßt er sie so schnell nicht ruhen.
»Campeador, ich will Euch sagen:
Es ist Eure Angewohnheit,
mich den stummen Per zu nennen.
Gut wißt Ihr, mein Cid Rodrigo:
Reden ist nicht meine Sache.

Doch die Pflicht zu tun, das weiß ich,
daran soll es mir nicht fehlen.
Du, Fernando Graf González,
Lüge ist, was du gesagt hast.
Was du hast, verdankst dem Cid du.
Deine Künste, deine Schlauheit?
Davon will ich jetzt erzählen.
Weißt du noch, als vor Valencia
wir einst kämpften? Du als erster
wolltest in die Schlacht dich stürzen.
Einen Mauren sahst du kommen,
fertig gleich, ihn anzugreifen.
Doch warst du in wilder Flucht schon,
eh der Maure in der Nähe.
Wär ich nicht dazugekommen,
wäre es dir schlecht ergangen.
Ich schnitt ihm den Weg zu dir ab,
kämpfte mit ihm und erschlug ihn.
Dir gab ich sein Roß und wußte
das Geheimnis zu bewahren.
Bis zu diesem Tage niemand
hat es je von mir erfahren.
Vor dem Cid und vor den andern
hörte ich dich damit brüsten,
daß den Mauren du erschlagen.
Alle glaubten dir und wußten
nicht, wie mutig du gewesen.
Bist ein feiner Herr, doch feige.
Bist nur Zunge ohne Hände,
und du wagst es, noch zu reden?

144 Rede also, und gib Antwort,
du, Fernando Graf González!
Kannst du dich nicht mehr erinnern
an die Sache mit dem Löwen,
als mein Cid schlief in Valencia
und der Löwe ausgebrochen?

He! Du! Antworte, Fernando!
Was hast du getan vor Schrecken?
Hinters Bett bist du gekrochen,
auf dem unser Campeador schlief.
Dort bist du versteckt gewesen.
Darum: Nichts warst du schon damals,
heute bist du noch viel wen'ger.
Alle standen um das Lager,
unsern Herren zu beschützen,
bis mein Cid vom Schlaf erwachte.
Der Valencia gewonnen,
der erhob sich. Zu dem Löwen
ging er, und die wilde Bestie
senkte ihren Kopf, erwartend
meinen Cid, ließ es geschehen,
daß der sie am Halse packte
und sie in den Käfig führte.
Als der gute Cid zurückkam,
fand er alle noch beisammen,
fragte nach den Schwiegersöhnen.
Keiner hatte sie gesehen.
Als verächtlich und Verräter
fordre ich dich auf zum Zweikampf.
Dafür steh ich vor dem König.
Für die Töchter Cid Rodrigos,
Doña Sol, Doña Elvira.
Weil ihr die verlassen, seid ihr
ohne Ehre. Sie sind Frauen,
doch ihr beide, ihr seid Männer.
Wie sie edel und voll Ehre,
seid ihr feige und verächtlich.
Kommt die Stunde des Gerichtes
und gefällt es meinem Schöpfer,
sollst du als Verräter beichten,
und was ich gesagt, bleibt Wahrheit.«
Damit schloß der Streit der beiden.

145 Hört nun an, was darauf redet
der Graf Diego von González.
»Wir sind Grafen reinsten Blutes.
Besser wäre es gewesen,
hätten wir in diese Ehe
niemals eingewilligt, besser
hätten wir mit Cid Rodrigo
die Verwandtschaft nur vermieden.
Daß wir seine Töchter ließen,
haben wir nicht zu bereuen.
Denn solange sie auch leben,
werden sie jetzt Seufzer hauchen.
Was wir ihnen taten, immer
wird es ihnen vorgehalten.
Das vertret ich gegen jeden,
auch den tapfersten der Ritter.
Daß wir sie verlassen haben,
warn wir unsrer Ehre schuldig.«

146 Vor tritt Martín Antolínez:
»Schweig, du Schurke, Lügenmaul du!
Unvergessen die Geschichte
mit dem Löwen in Valencia.
In den Hof bist du geflohen,
hintern Kelterbaum gekrochen.
Halbbekleidet, ohne Mantel.
Nicht erspart soll es dir bleiben,
dich mit mir im Kampf zu messen.
Die zwei Töchter Cid Rodrigos,
die in jeder Weise besser,
ihr habt sie verlassen, also:
Wenn zu Ende ist der Zweikampf,
hören wir aus deinem Munde,
daß du ein Verräter bist und
Lüge ist, was du gesprochen.«

147 Damit war auch dieser beiden
Streitgespräch an seinem Ende.
Ein trat jetzt Asur González.
Kam in den Palast, den Mantel,
ganz aus Hermelin, nachschleifend.
Rot ist sein Gesicht vom Essen.
Wenig Sinn hat seine Rede.

148 »Sagt ihr Herren, wem ist jemals
derart Böses widerfahren?
Wie denn könnte Cid Rodrigo
unsre eigne Ehre mehren?
Geh er doch zum Fluß Ubierna,
nach Bivar, Mühlsteine wetzen
und das Mahlgeld einzunehmen,
wie er früher es getan hat.
Wer nur hat ihm eingeflüstert,
sich mit denen von Carrión, den
zwei Infanten, zu verschwägern?«

149 Da erhob Muño Gustioz sich:
»Schweig, du elender Verräter«,
sagt er zu Asur González.
»Erst zum Essen, dann zum Beten
gehst du. Deine Küsse stinken.
Deinen besten Freund belügst du.
Dein Gebet selbst ist nur Lüge.
Falsch bist du vor Gott im Himmel,
gegen alle falsch und feige.
Deine Freundschaft möcht ich nimmer.
Zwingen will ich dich zu beichten,
daß du bist, wie ich dich sehe.«
»Damit sei genug des Streites«,
sagt der König Don Alfonso.
»Die zum Zweikampf aufgefordert,
werden kämpfen. So will Gott es.«
Wie sie so zum Schlusse kamen,

traten ein am Hof zwei Ritter.
Einen nannten sie Ojarra,
und Don Íñigo Jiménez
hieß der andere mit Namen.
Einer kam als Abgesandter
des Infanten von Navarra,
und den zweiten schickt' zum Hofe
der Infant von Aragón her.
Sittsam grüßen sie den König,
küssen ihm dann beide Hände.
Meinen Cid Rodrigo Díaz
bitten sie um seine Töchter.
Aragón und auch Navarra
wolln als Königinnen beide.
Bitten um sie, und in Ehren,
zu dem Bund der heilgen Ehe.
Schwiegen dann, und alle lauschten.
Da erhob sich Cid Rodrigo:
»Gnade, König Don Alfonso,
der mein Herr ist und mein König!
Dieses hab ich Gott zu danken,
daß sie meine Töchter werben
für die Häuser von Navarra,
Aragón, die Königssöhne.
Ihr habt sie vermählt schon einmal,
Ihr wart es, nicht ich, der Vater.
Nehmt sie wieder, meine Töchter,
wieder sind in Eurer Hand sie.
Gebt Ihr dazu nicht Erlaubnis,
nichts hab ich dazu zu sagen.«
Stand der König auf vom Sitze,
und zu schweigen heißt er alle:
»Euch, mein Cid Rodrigo Díaz,
bitt ich, daß es Euch gefalle,
und ich gebe die Erlaubnis,
daß die Ehen man beschließe
heute noch an diesem Hofe.

Euren Reichtum, Eure Ehre
werden sicher sie vermehren.«
Wieder steht und küßt die Hände
unser Cid dem König, sagt dann:
»Was Euch recht ist, Herr und König,
das hat immer meinen Beifall.«
»Gott vergelte Euch die Treue«,
sagt der König Don Alfonso.
»Hört, Ojarra und Jiménez,
ich erteile die Erlaubnis
zu der Heirat beider Damen,
der zwei Töchter Cid Rodrigos,
Doña Sol, Doña Elvira,
mit den beiden Königssöhnen
Aragoniens und Navarras.
Ehrenvoll mit meinem Segen
werd ich euch sie übergeben.«
Íñigo und auch Ojarra
standen auf, und beide küßten
König Don Alfonsos Hände,
küßten danach auch die Hände
meinem Cid Rodrigo Díaz.
Tauschten mit ihm das Versprechen
und den Schwur, es auch zu halten.
Das sah man am Hof mit Freude.
Die Infanten von Carrión nur
hatten daran keine Freude.
Der Minaya Álvar Fáñez
sprach dazu noch, sich erhebend:
»Euch als meinen Herrn und König
bitt ich hier um eine Gnade,
und daß nicht verdrießen möge
es den Cid Rodrigo Díaz.
Schwieg ich doch bisher am Hofe,
doch jetzt möcht ich etwas sagen.
Ich erhebe harte Klage.«
Sagt der König: »Redet frei nur!

Ich hör zu Euch gern, von Herzen.
Redet also, Álvar Fáñez!«
»Hört mich alle an und achtsam!
Einen Groll trag ich im Herzen
wider die Infanten beide.
Meine Basen bracht ich ihnen,
wie der König es befohlen.
Nahmen sie mit Ehr und Segen.
Dazu gab der Cid noch Schätze.
Und zu unser aller Kummer
haben sie die Fraun verlassen.
So, von jetzt an, als Verräter
fordre ich heraus die Grafen.
Aus dem Stamm der Vani-Gómez
kamen viele edle Ritter,
doch von dieser beiden Falschheit
hat sich überzeugt der Hof heut.
Daß nun werben Aragón und
auch der König von Navarra
um die Töchter Cid Rodrigos,
Doña Sol, Doña Elvira,
muß ich meinem Schöpfer danken.
Einmal eure Ehefrauen
müßt ihr ihnen Ehr erweisen
jetzt und ihre Hände küssen,
dienen ihnen, euch zuleide.
Dank sag ich dem Gott im Himmel
und dem König Don Alfonso.
Wächst doch so dem Cid Rodrigo
noch die Ehre. Doch ihr beide
seid so, wie ich es gesagt hab.
Und ist einer hier dagegen,
ich, Minaya Álvar Fáñez,
geb ihm Rechenschaft darüber.«
Nun ist's Gómez der Peláyet,
der zur Antwort sich erhoben:
»Was soll Euer vieles Reden?

Viele sind hier, die mit Freuden
mit Euch eine Lanze brechen.
Wer das Gegenteil behauptet,
ehrlos ist er, und will Gott es,
daß ich siege, wird man sehen,
ob Ihr wahr, ob nicht gesprochen.«
»Dieser Streit, er ist beendet«,
sagt der König, »und darüber
will ich nichts mehr reden hören.
Morgen, wenn die Sonne aufgeht,
sollen sich zum Kampfe stellen,
die sich heut herausgefordert.
Drei auf jeder Seite sind es.«
Da erhoben von Carrión die
zwei Infanten ihre Stimme:
»Gebt mehr Zeit uns! Morgen sind wir
dazu noch nicht vorbereitet,
denn die Waffen und die Pferde
gaben wir dem Cid Rodrigo.
Also müssen wir nach Hause,
nach Carrión noch vorher reisen.«
Zu dem Cid der König dreht sich,
und er sagte: »Wo's Euch recht ist,
sollen sich die Streiter messen.«
»Herr, entscheidet! Nach Carrión will
ich nicht gehen. Lieber ist mir
mein Valencia.« Drauf der König:
»Unbesorgt seid, Cid Rodrigo.
Laßt mir ruhig Eure Ritter.
Sie mit aller ihrer Rüstung
stehen unter meinem Schutze,
und ich bürge für sie alle,
wie der Herr bürgt dem Vasallen.
Weder Grafen noch Infanten
sollen Böses ihnen antun.
Hier setz ich die Frist: Von heut an
in drei Wochen. In den Auen

von Carrión sei der Turnierplatz.
Wer nicht dort ist, hat verloren,
wird besiegt erklärt und fliehe
als Verräter! Ich bin Zeuge.«
Den Befehl erfahrn die Grafen
von Carrión, die zwei Infanten.
Cid Rodrigo küßt die Hände
seinem König: »Meine Ritter
gebe ich in Eure Hände.
Euch als meinem Herrn und König
will ich gerne sie empfehlen.
Alle sind sie vorbereitet,
ihren Auftrag zu erfüllen.
Gebt sie mir zurück mit Ehre
in der großen Stadt Valencia.«
»So mag unser Gott es fügen.«
Seine Kappe nimmt vom Kopfe
jetzt der Campeador Rodrigo
und die Haube, ganz aus Leinen,
weiß und rein so wie die Sonne,
knüpft die Schnur von seinem Barte
und läßt wehen ihn im Winde.
Alle, die am Hofe waren,
die bewunderten Rodrigo.
Wendet sich zu Don Enrique
dann zum Grafen Don Ramón hin
und umarmt sie. Bittet herzlich,
sich von seinem Schatz zu nehmen,
was sie sich nur wünschen möchten.
Ihnen wie den andern allen,
die ihm freundlich, bietet an er,
sich zu nehmen nach Gefallen.
Und die einen nehmen etwas,
andre wiederum verzichten.
Die zweihundert Mark des Königs
nimmt der Cid nicht, von dem Reste
nach Gefallen. »Gnade, König!

Nachdem alles ist geschlichtet,
will ich Euch die Hände küssen,
mit Verlaub mich aufzumachen
nach der großen Stadt Valencia,
die mit Mühe ich erobert.«

Lücke in der Handschrift, ergänzt aus der »Crónica de Veinte Reyes«.

Die Boten aus Navarra und Aragón versah der Cid mit Pferden und allem übrigen, was ihnen nötig war. Damit machten sie sich auf den Weg. Alfonso, der König, ritt mit allen edlen Rittern seines Hofes, um den Cid bei dessen Aufbruch noch ein Stück des Weges zu begleiten. Als sie zum Platz Zocodover kamen – Rodrigo ritt auf Babieca –, sagte der König: »Don Rodrigo, Ihr solltet Euer Roß, von dem ich soviel reden hörte, einmal laufen lassen.« Lächelnd sagte der Cid: »Herr, in Eurem Gefolge gibt es viele, die dazu wohl imstande sind. Sagt ihnen doch, es auf ihren Pferden zu versuchen.« Darauf sagte der König: »Cid, stolz bin ich auf alles, was Ihr sagt, aber dennoch möchte ich Euch auf diesem Pferde rennen sehen, mir zur Freude.« Also spornte der Cid seinen Renner und ließ ihn so herrlich laufen, daß alle dieses Rennen bewunderten.

150 Seine Hand erhebt der König
und bekreuzigt sich, dann sagt er:
»Bei Sankt Isidor, dem Heilgen
von León, da will ich schwören,
einen Mann wie diesen gibt es
nicht in allen meinen Landen.«
Und mein Cid mit seinem Rosse
kommt zurück zu seinem König:
»Ihr befahlt, daß ich Babieca,
meinen Renner, laufen lasse,
nicht bei Mauren, nicht bei Christen
findet man ein Pferd wie dieses.
Euch, mein König, will ich's geben,

wollt es gnädig von mir nehmen.«
»Nein, ich will's nicht«, sagt Alfonso.
»Wenn ich's nähme, einen Herren,
wie es jetzt hat, hätt es nimmer.
Dieses Roß ist Euer würdig,
gegen Mauren anzureiten,
sie zu schlagen, zu verfolgen.
Der, der es Euch nehmen wollte,
Gottes Schutz, er hätt ihn nimmer.
Roß und Reiter, alle beide,
ehren uns.« – Sie nehmen Abschied,
und zum Hofe kehrt der König.
Die zum Zweikampf auserwählt sind,
sie berät noch Cid Rodrigo:
»Per Bermúdez, Antolínez,
und auch Ihr, Gustioz, seid tapfer
auf dem Felde, wie es zusteht
einem Mann, daß gute Nachricht
von euch kommt hin nach Valencia!«
Sagt der gute Antolínez:
»Herr, was redet Ihr nur davon?
Zugefallen ist das Los uns,
und so ist es Pflicht uns allen.
Möglich ist es, daß von Toten
man Euch sagt, nicht von Besiegten.«
So ließ er sie ziehn, zufrieden,
der zu guter Stund geboren,
und nimmt Abschied von den Freunden.
Nach Valencia geht mein Cid, und
nach Carrión ritt Don Alfonso.
Um ist schon die Frist, drei Wochen,
und zur Stelle sind die Kämpfer
meines Cid Rodrigo Díaz.
Wollen ihre Pflicht erfüllen,
wie der Herr es aufgetragen.
Unterm Schutze stehn sie alle
Don Alfonsos von León und

warten dort noch auf die Grafen
von Carrión zwei volle Tage.
Diese kommen ausgerüstet
mit den Pferden, mit den Waffen,
und mit ihnen die Verwandten.
Eines Sinnes alle, möchten
sie den Mannen Cid Rodrigos
gerne eine Falle stellen,
sie auf freiem Felde töten,
Schande bringen ihrem Herren.
Schlecht der Vorsatz, groß die Angst war
vor dem König Don Alfonso
von León und von Kastilien.
In der Nacht selbst sind in Waffen
sie und flehen Gott um Hilfe.
Jetzt ist diese Nacht vorüber,
und schon lichtet sich der Morgen.
Vieles Volk strömt schon zusammen,
um dem Kampfe beizuwohnen
und an ihm sich zu ergötzen.
Schon vor allen ist der König
von León dort, Don Alfonso,
weil er Recht will und kein Unrecht.
Und die Männer Cid Rodrigos
rüsten sich schon, gürten Waffen.
Eines Herren Diener sind sie,
alle drei sind gleichen Sinnes.
Abseits auch die zwei Infanten
rüsten sich, und Graf Ordóñez
schilt sie, sind mit ihm im Streite
und verlangen von dem König,
daß Tizón und auch Colada,
die zwei Schwerter Cid Rodrigos,
nicht von seinen drei Getreuen
in der Schlacht geschwungen würden.
Sie bereuen, daß sie diese
an den Cid zurückgegeben.

Doch obgleich sie es verlangen,
schlägt der König ab die Bitte:
»Als wir das Gericht gehalten,
wurde keines ausgeschlossen.
Habt ihr gute Schwerter beide,
nützt sie gut zu eurem Vorteil,
die vom Cid die ihren nützen.
Geht und sputet euch zum Felde!
Not ist, wie ein Mann zu kämpfen,
denn den Mannen Cid Rodrigos
wird im Kampf es an nichts fehlen.
Kommt ihr gut aus diesem Treffen,
werdet Ehre ihr erreichen,
doch seid ihr im Kampf geschlagen,
sollt ihr mir die Schuld nicht geben,
weiß es doch die ganze Welt schon,
daß ihr selbst den Streit gesucht habt.«
Schon bereuen die Infanten
alles, was sie angezettelt.
Ganz Carrión mit seinen Schätzen
gäben sie, wär's ungeschehen.
Ganz in Waffen fertig sind die
drei Vasallen Cid Rodrigos.
Sie zu sehen, kommt zu ihnen
jetzt der König Don Alfonso.
Die des Cid, sie sagen zu ihm:
»Eure Hände küssend, bitten
wir den König, unsern Herren:
Seid uns Richter, uns und ihnen,
steht im Kampfe bei uns heute
nach dem Recht und nicht dem Unrecht.
Von Carrión die zwei Infanten
haben hier all ihren Anhang,
und wir wissen nicht, was diese
gegen uns noch vorbereiten.
Unter Eurem Schutze stehn wir,
laßt Gerechtigkeit uns walten,

um des Schöpfers Liebe willen.«
Darauf gibt der König Antwort:
»So sei es, mit Herz und Seele!«
Brachten ihnen ihre Rosse,
stark und edel, gute Renner.
Über ihren Sätteln schlugen
sie das Kreuz und ritten mutig.
Ihre Schilde, gut beschlagen,
hängen ihnen an den Hälsen.
In den Händen ihre Lanzen
mit der scharfen Eisenspitze.
Die drei Lanzen führen jede
unterm Blatt auch ihre Fahne.
Um sie scharen sich im Kreise
viele gute, tapfre Männer.
Schon betreten sie den Kampfplatz,
der begrenzt von einem Erdwall.
Fest entschlossen war ein jeder
von den Kämpfern Cid Rodrigos,
seinen Gegner zu verwunden.
Gegenüber die Infanten,
die mit großem Anhang kommen,
zahlreich sind ihre Verwandten.
Richter wählt der König ihnen,
Recht dem, der es hat, zu sprechen,
jeden Streit so zu vermeiden
über Ja und Nein mit ihnen.
Als sie auf dem Felde waren,
sprach zu ihnen Don Alfonso:
»Hört mich an, was ich euch sage!
Hört mich, Grafen von Carrión, jetzt:
In Toledo sollte dieser
Kampf sein, doch ihr wolltet's anders.
Diese Ritter Cid Rodrigos,
unter meinem Schutze brachte
nach Carrión ich sie, drum haltet
euch in eurem Recht und wagt mir

keinen Trug und keine Falle.
Jedem, der es doch versuchte,
werd ich es zu wehren wissen,
und in keinem meiner Reiche
soll er länger ruhig leben.«
Immer bittrer wird die Reue,
schwer drückt sie auf die Infanten.
Die vom König Auserwählten
zeichnen jetzt des Erdwalls Grenze,
dann verlassen sie den Kampfplatz
und umstehen seine Fläche.
Kund und klar war es den sechsen:
Wer den Erdwall überschreitet,
der wird für besiegt gehalten.
Alle Leute, die verstreuen
sich jetzt um den Wall, daß keiner
näher als sechs Lanzenlängen
bleibt vom Wall und von den Kämpfern.
Wem das Feld der Sonn entgegen
zufiel, das entschied das Los jetzt.
Aug in Aug stehn sich die Kämpfer.
Die vom Cid, sie sprengen stürmend
denen von Carrión entgegen,
und die Grafen stürmen gleichfalls
gegen die vom Cid Rodrigo.
Jeder denkt an seinen Gegner.
Ihre Schilde vor den Herzen,
senken sie der Lanzen Spitzen,
jede mit des Kämpfers Fahne.
Und sie neigen ihre Häupter
über ihre Sattelbogen,
ihrer Rosse Hufschlag trommelt.
Von den Sporen angetrieben,
ließen sie die Erde zittern,
über die sie sich bewegten.
Jeder denkt nur an den Gegner.
Drei und drei im Kampf sich mischen.

Tot schon glauben im Gemenge
sie, die dort das Feld umstehen.
Per Bermúdez, der als erster
sie zum Kampf herausgefordert,
steht Fernando gegenüber.
Unermüdlich schlagen beide
sich die Schilde, bis am Ende
Graf González des Bermúdez
Schild durchstieß. Ins Leere traf er,
nicht ins Fleisch und nicht verwundend.
Zweimal brach ihm seine Lanze.
Fest steht Per Bermúdez immer,
für den einen Schlag als Antwort
gibt den stärkeren er wieder.
Schlägt den Schild entzwei und wirft ihn
von sich, nützt er ihm doch nicht mehr,
sticht die Lanze in die Brust ihm,
nah am Herzen, doch die Ringe
von den Ketten retten diesmal
noch Fernando, doch es dringen
Wams und Hemd, Beschlag der Lanze
tief ins Fleisch ihm eine Handbreit.
Aus dem Mund bricht ihm ein Blutstrahl.
Seine Sattelgurte reißen,
und am Schweife seines Rosses
sinkt Fernando auf die Erde.
Alle hielten ihn für tot schon.
Per, der ließ jetzt seine Lanze
und legt an das Schwert die Hände.
Als Fernando Graf González
dort das Schwert Tizón erkannte,
will den Schlag er nicht erwarten,
und »Besiegt bin ich«, so schreit er.
Richter traten jetzt dazwischen.
Ab von ihm ließ Per Bermúdez.

151 Martín und der Graf Don Diego
rennen an sich mit den Lanzen.
Mächtig stoßen sie zusammen,
daß die beiden Lanzen brechen.
Da nimmt Martín Antolínez
in die Hand das Schwert. Die Klinge
blendend, klar das Feld beleuchtet.
Schlägt mit ihr auf seinen Gegner,
den der Schlag trifft von der Seite.
Reißt vom Helm ihm ab die Spitze
und zerschneidet dessen Riemen,
reißt das Kissen unterm Eisen.
Bis zur Haube schlägt die Klinge,
schneidet ihm das Haar und trifft ihn
noch im Fleisch. Zu Boden fällt es
alles, Haube, Helm und Haarschopf,
doch er bleibt noch starr im Sattel.
Dieser Schlag mit der Colada
macht Don Diego Graf González
deutlich: heil wird nicht entrinnen
er dem Kampfe. Mit dem Zügel
wendet er sein Roß und nimmt dann
auch das Schwert, doch Aug in Auge
wagt er nicht es zu gebrauchen.
So empfing ihn Antolínez.
Schlägt ihn mit der flachen Klinge,
will die scharfe nicht gebrauchen.
Da schreit laut der Graf Don Diego:
»Herr der Herrlichkeiten, schütz mich!
Schütze mich vor diesem Schwerte!«
Kehrt das Roß um, um zu fliehen
vor dem Schwerte, der Colada,
überschritt dabei den Erdwall,
während Martín steht im Felde.
»Kommt zu mir«, ruft den der König,
»es genügt, was Ihr getan habt.
Ihr habt diesen Kampf gewonnen.«

Und die Richter, sie bestätgen:
Wahrheit waren diese Worte.

152 Also waren zwei nun Sieger.
Jetzt will ich davon erzählen,
wie Gustioz den Kampf bestanden
mit Asur, dem Bruder beider.
Sie zerschlugen ihre Schilde.
Kraftvoll war Asur González
und voll Mut. Dem Muño stieß er
durch den Schild und durch die Rüstung.
Doch die Lanze stach ins Leere,
ohne seinen Leib zu treffen.
Als Gustioz den Stoß empfangen,
gab er ihn zurück dem Gegner.
Brach den Schild, auch die Beschläge,
die nun nicht mehr schützen konnten.
Stieß den Grafen in die Seite,
doch sein Herz ward nicht getroffen.
Stach ins Fleisch mit Blatt und Fahne.
Und die Lanzenspitze ragte
einen Arm lang aus dem Rücken.
Zieht zurück und wirft den Grafen
mit der Lanze aus dem Sattel.
Rot war Schaft und Blatt und Fahne.
Alle waren dessen sicher:
Tot war, der dort auf dem Feld lag.
Muño nahm die Lanze wieder,
ihn noch einmal anzurennen,
doch Gonzalo der Assúrez
rief: »Bei Gott! Schlagt ihn nicht weiter,
denn besiegt liegt er im Felde!
Dieser Kampf, er ist zu Ende!«
Und die Richter sprachen alle:
»Dieses haben wir vernommen.«
Und der gute König Alfons
ließ darauf den Kampfplatz räumen.

Und die Waffen, die dort lagen,
nahm er an sich als sein eigen.
Sieg und Ehre sind errungen
von den Streitern Cid Rodrigos
in dem Kampfe. Dank dem Schöpfer.
In Carrión war großer Kummer,
Klage ging durch seine Länder.
In der Nacht läßt Don Alfonso
heimziehn Cid Rodrigos Leute,
daß man sie nicht überfalle
und sie ohne Furcht sein könnten.
Klug sind sie und reiten eilig
Tag und Nacht und rasten niemals.
Und schon sind sie in Valencia
bei dem Campeador Rodrigo.
Und sie ließen die Infanten
von Carrión als Übeltäter.
Wie ihr Herr es ihnen auftrug,
haben sie ihr Amt versehen.
Groß ward Cid Rodrigos Freude.
Den Infanten blieb die Schande.
Wer die Hand an eine Frau legt,
sie verläßt als ein Verräter,
dem ergehe es genauso
und vielleicht sogar noch schlimmer.
Lassen wir hier doch die Grafen,
recht bestraft, wie sie verdienten.
Reden wir jetzt nur von dem noch,
der zu guter Stund geboren.
Großer Jubel, Freude herrschte
in der großen Stadt Valencia,
weil als Sieger wiederkamen
Cid Rodrigos tapfre Kämpfer.
Griff an seinen Bart Rodrigo:
»Dank dem Herrn im Himmel droben,
denn gerächt sind meine Töchter!
Doch von Carrión das Erbe,

mögen's jene ruhig haben.
Ohne Schande und zum Trotze
denen, die es anders wollten,
kann die Töchter ich vermählen.«
Und Verträge mit Navarra
und mit Aragón war'n nahe,
und mit König Don Alfonso
traf man sich zu einem Bunde.
Hochzeit hielten nun die Töchter,
Doña Sol, Doña Elvira.
Besser war die Hochzeit diesmal
als die erste. Große Ehre
brachte diese. Ehre wächst ihm,
der zu guter Stund geboren.
Aragonien und Navarra
werden sie als Herrin sehen.
Heute sind ihm alle Kön'ge
Spaniens nahe Anverwandte.
Seine Ehre strahlt auf alle.
Der zu guter Stund geboren,
er, mein Cid, der Herr Valencias,
ließ die Welt an einem Pfingsttag.
Jesus Christ schenk ihm die Gnade
und Vergebung wie uns allen,
dem Gerechten wie dem Sünder!
Ich erzählte diese Taten
meines Cid Rodrigo Díaz.
Hier ist jetzt mein Lied zu Ende.

Zu dieser Ausgabe

Grundlage jeder wissenschaftlichen Beschäftigung mit dem *Cantar de Mío Cid* ist heute die dreibändige kritische Ausgabe von Ramón Menéndez Pidal (3. Aufl. Madrid 1954–56). Der 1968 im Alter von fast hundert Jahren verstorbene Meister der spanischen Sprach-, Literatur-, Kultur- und politischen Geschichte hat in jahrzehntelangem Studium der altspanischen Literatur ein monumentales Werk über das Zeitalter des Cid geschrieben: *Das Spanien des Cid* (*La España del Cid*, 5. Aufl. Madrid 1956; dt. München 1936–37). Auf diesem Werke wie auf zahlreichen anderen Untersuchungen Menéndez Pidals fußen viele neuere Forschungen über die Gestalt Rodrigos, besonders über das Cid-Epos, von denen weitere in den Literaturhinweisen (S. 211–213) angeführt sind.
Der *Cantar de Mío Cid* ist in 3730 ungleichsilbigen Versen gedichtet, die durch eine Zäsur in Halbverse geteilt sind. Die Silbenzahl der Verse schwankt zwischen 10 und 20. Die meisten Verse haben 13, 14 oder 15 Silben, die meisten Halbverse 6, 7 oder 8 Silben. Jeder Vers des altspanischen Originals bildet eine syntaktische Einheit, wodurch beim heutigen Hörer oder Leser leicht der Eindruck einer gewissen Monotonie, einer gewaltsamen Regelmäßigkeit des Erzählflusses des Epos entsteht. Verstärkt wird dieser Eindruck durch den verhältnismäßig sparsamen Wortschatz und den häufigen Gebrauch formelhafter Wendungen und sprichwörtlicher Redensarten, so wenn etwa wiederholt gesagt wird, der Cid sei zu guter Stunde geboren oder habe zu guter Stunde sein Schwert gegürtet. Gemildert wird der Eindruck der Monotonie indessen durch den ständigen Wechsel des Erzähltempus zwischen Gegenwart und Vergangenheit und durch den Wechsel von Handlungsschilderung durch den Erzähler und direkter Rede der handelnden Personen. Die Verse des *Cantar de Mío Cid* kennen keinen Reim, sondern Assonanzen, das heißt eine Übereinstimmung der Endsilben in den Vokalen oder auch nur in den betonten Vokalen. Die Verse sind nicht in Strophen von feststehender einheitlicher Länge gegliedert; die 152 Strophen sind vielmehr verschieden lang und werden nur durch die Assonanz und dieselbe Silbenzahl der Verse als einheitliche Abschnitte empfunden. Man hat sich oft nach den Gründen der Wahl des Metrums im Cid-Epos gefragt, ohne eine befriedigende Erklärung zu finden. Einen Hinweis für eine mögliche Lösung des Problems bietet neuerdings Erika Lorenz, die eine

auffällige Parallele zwischen dem Metrum des *Cantar de Mío Cid* und dem Metrum des im Hebräischen wurzelnden Psalmengesangs der Kirche feststellt.

Es war für den Übersetzer gewiß nicht leicht, dem Klang des altspanischen Originals, das ja vom Spielmann einem Hörerpublikum mit musikalischer Begleitung, mit Gesten und Atempausen vorgetragen wurde, gerecht zu werden. Er verzichtete auf die im Deutschen nicht üblichen Assonanzen und überbrückte den Unterschied zwischen dem Silben zählenden spanischen Vers und dem

3 Mio Çid Roy Díaz,
por Burgos entróve,
16 En sue conpaña
sessaenta pendones;
16b exien lo veer
mugieres e varones,
burgeses e burgesas,
por las finiestras sone,
plorando de los ojos,
tanto avien el dolore.
De las sus bocas
todos dizían una razóne:
20 «Dios, qué buen vassallo,
si oviesse buen señore!»

4 Conbidar le ien de grado,
mas ninguno non osava:
el rey don Alfonsso
tanto avie la grand saña.
Antes de la noche
en Burgos dél entró su carta,
con grand recabdo
e fuertemientre seellada;
25 que a mio Çid Roy Díaz
que nadi nol diessen posada,
e aquel que gela diesse
sopiesse vera palabra
que perderie los averes
e más los ojos de la cara,
e aun demás
los cuerpos e las almas.

Hebungen und Senkungen zählenden deutschen Vers durch den Gebrauch moderner Satzkonstruktionen, die syntaktisch nicht an den Vers gebunden sind. Vielleicht geht dadurch etwas von der monumentalen Architektonik, von der Wucht des Originals verloren; dafür liest sich die Übersetzung jedoch weit flüssiger.
Eine Vorstellung von der sprachlichen und metrischen Form, in der das Cid-Epos auf uns gekommen ist, mag der Leser aus den folgenden beiden Strophen des Originaltextes mit danebenstehender wörtlicher Prosaübersetzung gewinnen:

3 Mein Cid Ruy Díaz
ritt in Burgos ein,
16 in seiner Begleitung
sechzig Fähnlein;
16b heraus traten, ihn zu sehen,
Frauen und Männer,
Bürger und Bürgerinnen
sind an den Fenstern,
weinenden Auges,
so groß war ihr Schmerz.
Aus aller Munde
kam die eine Rede:
20 »Gott, welch guter Vasall,
wenn er einen guten Herrn hätte!«

4 Einladen würden sie ihn gern,
aber keiner wagte es:
der König Don Alfonso
hatte einen so großen Zorn.
Vor der Nacht
traf in Burgos ein Brief von ihm ein,
mit großer Sorgfalt
und fest versiegelt:
25 daß meinem Cid Ruy Díaz
niemand Herberge geben solle
und daß der, der sie ihm gebe,
das wahre Wort wisse,
daß er die Habe verliere
und auch die Augen aus dem Gesichte
und außerdem
den Körper und die Seele.

Grande duelo avien
las yentes cristianas;
ascóndense de mio Çid,
ca nol osan dezir nada.
El Campeador
adeliñó a su posada;
así como llegó a la puorta,
fallóla bien çerrada,
por miedo del rey Alfons,
que assí lo pararan:
que si non la quebrantás,
que non gela abriessen por nada.
Los de mio Çid
a altas vozes llaman
los de dentro
non les querién tornar palabra.
Aguijó mio Çid,
a la puerta se llegaua,
sacó el pie del estribera,
una ferídal dava;
non se abre la puerta,
ca bien era çerrada.
Una niña de nuef años
a ojo se parava:
«Ya Campeador,
en buena çinxiestes espada!
El rey lo ha vedado,
anoch dél entró su carta,
con grant recabdo
e fuertemientre seellada.
Non vos osariemos
abrir nin coger por nada;
si non, perderiemos
los averes e las casas,
e aun demás los ojos de las caras.
Çid, en el nuestro mal
vos non ganades nada;
mas el Criador vos vala
con todas sus vertudes santas.»
Esto la niña dixo
e tornós pora su casa.
Ya lo vede el Çid

Großen Schmerz hatten
die Christenleute;
sie verbergen sich vor meinem Cid,
denn sie wagen nicht, ihm etwas zu sagen.
Der Campeador
machte sich auf den Weg zu seiner Unterkunft;
sobald er zur Tür gelangte,
fand er sie fest verschlossen,
aus Furcht vor König Alfons,
denn so hatten sie es bestimmt:
daß, falls er sie nicht zerbräche,
sie um nichts sie ihm öffnen würden.
Die [Gefährten] meines Cid
rufen mit lauter Stimme,
die drinnen
wollten ihnen kein Wort erwidern.
Da spornte mein Cid sein Pferd
und ritt an die Tür,
zog den Fuß aus dem Steigbügel
und versetzte ihr einen Stoß;
die Tür öffnet sich nicht,
denn sie war wohl verschlossen.
Ein Mädchen von neun Jahren
trat vor seine Augen:
»Ach, Campeador,
zu guter Stunde habt Ihr das Schwert gegürtet!
Der König hat es verboten,
gestern kam von ihm ein Brief,
mit großer Sorgfalt
und fest versiegelt.
Um nichts würden wir wagen,
Euch zu öffnen und Euch aufzunehmen;
sonst würden wir verlieren
die Habe und die Häuser
und außerdem die Augen aus dem Gesichte.
Cid, in unserem Unglück
gewinnt Ihr nichts;
aber der Schöpfer möge Euch helfen
mit all seinen heiligen Kräften.«
Dies sprach das Mädchen
und kehrte in sein Haus zurück.
Nun sieht es der Cid,

que del rey non avie graçia.
Partiós dela puerta,
por Burgos aguijaua,
llegó a Santa María,
luego descavalga;
fincó los inojos,
de coraçón rogava.
La oraçión fecha,
luego cavalgava;
salió por la puerta
e Arlançón passava.
Cabo Burgos essa villa
en la glera posava,
fincava la tienda
e luego descavalgava.
Mio Çid Roy Díaz,
el que en buena çinxo espada,
posó en la glera
quando nol coge nadi en casa;
derredor dél
una buena conpaña.
Assí posó mio Çid
commo si fosse en montaña.
Vedada l'an conpra
dentro en Burgos la casa
de todas cosas
quantas son de vianda;
nol osarien vender
al menos dinarada.

daß er des Königs Gnade nicht hatte.
Er entfernte sich von der Tür,
ritt durch Burgos
und gelangte zu Santa María,
sogleich steigt er ab;
er kniete nieder,
von Herzen betete er.
Nach vollendetem Gebet
ritt er sogleich hinweg;
er ritt zum Tor hinaus
und überquerte den Arlanzón.
Nahe der Stadt Burgos
lagerte er auf dem Sande,
schlug das Zelt auf
und stieg sogleich vom Pferde.
Mein Cid Ruy Díaz,
der zu guter Stunde sein Schwert gürtete,
lagerte auf dem Sande,
da niemand ihn in sein Haus aufnimmt;
um ihn herum
eine gute Gefolgschaft.
So lagerte mein Cid,
wie wenn er im Gebirge wäre.
Verboten hat man ihm den Ankauf
in der Stadt Burgos
von allen Dingen,
die zum Leben nötig sind;
nicht einmal eine Tagesration
würden sie ihm zu verkaufen wagen.

Anmerkungen

Für die Erläuterungen wurden u. a. das Glossar der kritischen Ausgabe des *Cantar de Mío Cid* (Bd. 2) von Ramón Menéndez Pidal und der Index Nominum in der zweisprachigen Ausgabe des *Cantar de Mío Cid* von Hans-Jörg Neuschäfer herangezogen. Die Ziffern vor den Anmerkungen bezeichnen Seiten- und Zeilenzahl der vorliegenden Ausgabe.

3,4 *»Crónica de Veinte Reyes«:* »Chronik der zwanzig Könige«; eine vermutl. um 1366 entstandene spanische Chronik, die die vollständigste Prosaübersetzung des *Cantar de Mío Cid* enthält und es so ermöglicht, die im Versepos vorhandenen Lücken zu schließen.

3,5 *Don Alfonso:* Alfonso VI., König von Kastilien und León (s. Anm. zu 108,36) 1072–1109; Lehnsherr des Cid.
Ruy: Kurzform von Rodrigo.

3,7f. *Almutamiz:* eigtl. Almotámid, maurischer König von Sevilla 1069–90.

3,8 *Almudafar:* eigtl. Abdallah Modaffar, maurischer König von Granada 1073–90.

3,12 *Ordóñez:* García O., Graf von Nájera etwa 80 km östlich von Burgos (s. Anm. zu 5,32) 1074–1108; Günstling Alfonsos VI. und erbitterter Feind des Cid.

3,13 *Sánchez:* Fortún S., Ritter von Álava, Verbündeter Almudafars.
Don García: García IV., König von Navarra (s. Anm. zu 68,15) 1035–54.

3,14 *Sánchez:* Lope S., Ritter von Álava, jüngerer Bruder von Fortún Sánchez; Verbündeter Almudafars.

3,31 *Cabra:* Kleinstadt 50 km südöstlich von Córdoba; das Schloß war zur Zeit des Cid eine Grenzburg des Königreichs Sevilla.

4,26 *Bivar:* heute *Vivar,* Dorf 9 km nördlich von Burgos (s. Anm. zu 5,32).
»Cid campeador«: Cid (von arab. *sejjid*) ›Herr‹, *campeador* (span.) ›Kämpfer‹.

5,14 *Fáñez:* Álvar F. Minaya (gest. 1114), einer der vier Neffen des Cid, historisch vielfach bezeugt; er war Befehlshaber von Zorita (s. Anm. zu 43,18).

5,32 *Burgos:* alte Provinzhauptstadt 215 km nördlich von Madrid; 1037–87 Hauptstadt des Königreichs Kastilien.

6,20–22 *der Dohlen Flug zur Rechten ... zur Linken:* gutes bzw. schlechtes Vorzeichen.

6,32 *sechzig Lanzen:* Gemeint sind sechzig Lanzenträger.

7,10 *der eigne König:* Alfonso VI. von Kastilien und León.

8,5f. *rechtzeitig habt Ihr Euch mit Eurem Schwert umgürtet:* eine wiederholt für den Cid gebrauchte Redewendung.

8,23 *Sankt Marien:* die Kathedrale von Burgos.

8,30 *den Fluß:* den Arlanzón (s. Anm. zu 20,6).

9,12 *Antolínez:* Martín A., historisch nicht bezeugter Gefolgsmann und Vertrauter des Cid.

10,16 *Raquel ... und Vidas:* vom Dichter erfundene jüdische Pfandleiher.

12,28 *Mark:* Münzgewichtseinheit; im mittelalterlichen Spanien 230 g.

16,3 *San Pedro de Cardeña:* Kloster in der Ortschaft Cardeña etwa 10 km südöstlich von Burgos.

16,5 *Eure edle Gattin:* Jimena (s. Anm. zu 17,23).

17,23 *Jimena:* Jimena Díaz (gest. 1113), Tochter des Grafen Diego Rodríguez von Asturien und Oviedo (s. Anm. zu 153,26 und 153,27) und Nichte zweiten Grades Alfonsos VI.; seit 1074 Gemahlin des Cid.

17,32 *Sancho:* historisch nicht bezeugte Gestalt.

20,6 *Arlanzón:* Fluß, der durch Burgos fließt.

20,16 *der in guter Stund geboren:* eine wiederholt für den Cid gebrauchte Redewendung.

20,25 *seine Hände ihm zu küssen:* Zeichen der freiwilligen Vasallenschaft.

22,23 *drei Kön'ge aus Arabien:* nach dem Neuen Testament die »Weisen aus dem Morgenland«, die das Jesuskind in der Krippe anbeteten (Mt. 2,1–12).

22,27 *Jonas:* alttestamentlicher Prophet; Gott errettete ihn aus dem Leib eines »großen Fisches« (Jon. 2,11).

22,29 *Daniel:* alttestamentlicher Prophet; als Geisel nach Babylon geführt, wurde er seiner Religion wegen in eine Löwengrube geworfen, aus der ihn Gott errettete (Dan. 6,23).

22,31 *Sebastian:* christlicher Märtyrer in Rom (gest. um 290); nach der Legende zunächst von 1000 Pfeilen durchbohrt, aber wie durch ein Wunder am Leben geblieben, wurde er schließlich mit Knütteln erschlagen.

22,34 *Susanna:* apokryph-alttestamentliche Gestalt, eine fromme Jüdin, die von zwei alten Lüstlingen erpresserisch des Ehebruchs bezichtigt und zum Tode verurteilt, doch von dem jungen Daniel durch Nachweis ihrer Unschuld gerettet wurde (Geschichte von Susanna und Daniel).

23,2f. *zu Wein hast du das Wasser, Stein hast du in Brot verwandelt:* Anspielung auf den neutestamentlichen Bericht von der »Hochzeit zu Kana«, auf der Jesus Wasser in Wein verwandelte (Joh. 2,6–11); von einer Verwandlung von Stein in Brot ist nichts überliefert, vielleicht liegt hier eine Verwechslung mit »Jesu Versuchung« vor, bei der Jesus vom Teufel vergeblich aufgefordert wurde, diese Verwandlung durchzuführen (Mt. 4,3f.).

23,5 *Lazarus:* neutestamentliche Gestalt, von Jesus auferweckt, nachdem er vier Tage im Grabe gelegen hatte (Joh. 11,43f.).

23,8 *zwei Räubern:* die beiden Verbrecher, die nach dem Neuen Testament mit Jesus zusammen gekreuzigt wurden; einer von ihnen bekannte sich noch im letzten Augenblick zu Jesus, der ihm verhieß, er werde mit ihm ins Paradies kommen (Lk. 23,32–43).

23,13 *Longinus:* in der frühchristlichen Legende Name des römischen Kriegsknechts, der nach dem Neuen Testament dem toten Jesus mit einem Speer die Seite öffnete (Joh. 19,34); von seiner Blindheit und Heilung berichtet die Legende.

25,14 *Can Espinazo:* heute unbekannter Ort südöstlich von Burgos.

25,21 *San Esteban:* San Esteban de Gormaz, Kleinstadt 95 km südöstlich von Burgos.

25,23 *Alcubilla:* Alcubilla del Marqués, Ortschaft etwa 10 km südöstlich von San Esteban de Gormaz.

25,25 *Straße von Quinea:* alte Römerstraße von Úxama, heute Osma etwa 10 km nordöstlich von San Esteban de Gormaz, nach Termancia, heute Tiermes etwa 25 km südöstlich von San Esteban de Gormaz.

25,26 *Duero:* einer der großen Ströme der Pyrenäenhalbinsel, der die Kastilische Hochebene in ost-westlicher Richtung durchfließt.

25,27 *Navapalos:* kleine Ortschaft am Duero, etwa 12 km südöstlich von San Esteban de Gormaz.

25,28 *Figueruela:* heute unbekannte Ortschaft etwa 8 km südöstlich von Navapalos.

26,15f. *Sierra de Miedes:* Gebirgszug etwa 40 km südöstlich von San Esteban de Gormaz.

26,18 *Atienza:* Ortschaft etwa 55 km südöstlich von San Esteban de Gormaz.

27,21 *Castejón:* Castejón de Henares, Ortschaft etwa 40 km südöstlich der Sierra de Miedes.

27,22 *Henares:* Fluß, der etwa 35 km südöstlich der Sierra de

Miedes entspringt und südwärts bis etwa 20 km östlich von Madrid verläuft.

28,4 *Salvadórez:* Álvar S., zwischen 1062 und 1085 urkundlich mehrfach erwähnter Gefolgsmann des Cid.

28,5 *Álvarez:* Álvar Á., einer der vier historisch bezeugten Neffen des Cid.

28,6 *Garcíaz:* Galín G., historisch nicht bezeugter Vertrauensmann des Cid.

28,8 *Minaya:* Álvar Fáñez (s. Anm. zu 5,14).

28,10 *Hita:* Ortschaft etwa 70 km nordöstlich von Madrid.

28,11 *Guadalajara:* Kleinstadt etwa 55 km nordöstlich von Madrid.

28,12 *Alcalá:* Alcalá de Henares, alte Stadt am Henares, etwa 30 km nordöstlich von Madrid.

33,12 *Alcarrias:* Gebirgszug im Osten von Guadalajara.

33,13 *Anguitas Höhlen:* etwa 30 km nordöstlich von Castejón de Henares, nahe der Ortschaft Anguita.

33,15 *Feld von Taranz:* altspan. *Campo de Taranz,* Hochebene etwa 5 km nordöstlich von Anguita.

33,18 *Ariza:* Ortschaft etwa 45 km nordöstlich von Taranz.
Cetina: Ortschaft 8 km südöstlich von Ariza.

33,24 *Alhama:* Ortschaft 6 km nordöstlich von Cetina.

33,25 *La Hez:* heute unbekannter Ort oder Engpaß, wahrsch. nahe bei Alhama.

33,26 *Bubierca:* Ortschaft etwa 5 km nordöstlich von Alhama.
Ateca: auch *Teca,* Ortschaft 6 km nordöstlich von Bubierca.

33,27 *Alcocer:* maurische Festung etwa 5 km östlich von Ateca.

33,30 *Jalón:* rechter Nebenfluß des Ebro.

34,23 *Terrer:* Ortschaft 7 km östlich von Ateca.

34,26 *Calatayud:* Stadt am linken Ufer des Jalón, etwa 5 km nordöstlich von Terrer.

36,28 *Per Bermúdez:* auch *Pero B.,* einer der vier historisch bezeugten Neffen des Cid.

37,19 *Teca:* andere Namensform von Ateca (s. Anm. zu 33,26).

38,5 *Jiloca:* rechter Nebenfluß des Jalón, in den er zwischen Terrer und Calatayud mündet.

38,6 *Tamín:* legendärer Maurenkönig von Valencia.

38,22 *Segorbe:* Stadt etwa 40 km nordwestlich von Valencia.

38,23 *Cella:* Cella de Canal, Ortschaft etwa 120 km nordwestlich von Valencia.

39,2 *Galve ... und Fáriz:* legendäre Maurenkönige, Verbündete Tamíns.

43,9 *Mahoma:* Mohammed; Schlachtruf der Mauren.

Santiago: (span.) Sankt Jakobus (d. Ä.), Jünger Jesu, nach der Legende als Apostel in Spanien aufgetreten und deshalb Schutzheiliger des Landes; Schlachtruf der spanischen Christen.

43,18 *Zorita:* Stadt am Tajo, etwa 100 km nordöstlich von Toledo; befehligt von Álvar Fáñez (s. Anm. zu 5,14).

43,19 *Antolínez:* s. Anm. zu 9,12.

43,21 *Gustioz:* Muño G., historisch noch 1113 bezeugter Gefolgsmann und Schwager des Cid.

43,23 *Mont Mayor:* die heutige portugiesische Kleinstadt Montemor-o-Velho, etwa 160 km nördlich von Lissabon.

Martín Muñoz: Befehlshaber von Mont Mayor und Gefolgsmann des Cid, historisch vielfach bezeugt; er lebte noch 1111.

43,24f. *Álvar Álvarez und Álvar Salvadórez:* s. Anm. zu 28,5 und 28,4.

43,26 *Garcíaz:* s. Anm. zu 28,6.

43,27 *Félez:* Félez Muñoz, einer der vier Neffen des Cid, historisch nicht genauer bezeugt.

50,18 *Monreal:* Monreal del Campo, Ortschaft etwa 70 km südöstlich von Calatayud.

50,22 *Daroca:* Kleinstadt etwa 30 km südöstlich von Calatayud.

50,24 *Molina:* Stadt etwa 60 km südwestlich von Calatayud.

50,26 *Teruel:* Stadt etwa 100 km nordwestlich von Valencia.

52,14 *später tut Ihr sicher mehr noch:* d. h. dem Cid verzeihen.

52,30 *»Höhe meines Cid«:* altspan. *Poyo de mío Cid,* heute *El Poyo,* Hügel etwa 50 km südöstlich von Calatayud.

52,34 *Martin:* rechter Nebenfluß des Ebro.

53,11 *Wald von Tévar:* altspan. *pinar de Tévar,* heute unbekannter Pinien- und Fichtenwald etwa 100 km nordöstlich von Teruel.

54,8 *der mit dem krausen Barte:* der Cid; sein schöner Bart wird im Epos häufig erwähnt.

54,26 *Alcañiz:* Ortschaft etwa 25 km nordwestlich des Waldes von Tévar.

54,31 *Monzón:* Ortschaft etwa 80 km nordöstlich von Zaragoza.

Huesca: Provinzhauptstadt etwa 70 km nordöstlich von Zaragoza.

55,18 *Olocau:* Ortschaft etwa 110 km südöstlich von Zaragoza.

55,19 *Huesa:* Ortschaft etwa 70 km südöstlich von Calatayud.

55,20 *Montalbán:* Ortschaft etwa 25 km südöstlich von Huesa.

55,27 *Graf von Barcelona:* Ramón Berenguer II. (s. Anm. zu 166,19).

56,5 *Brudersohn:* Ramón Berenguer III., Sohn des ermordeten Ramón II., unter dem Beinamen »der Große« später Graf von

Barcelona 1096–1131; historisch bezeugt ist seine Vermählung mit María Rodríguez, der Tochter des Cid.

57,25 *Alle tragen nur die Hosen:* d. h. keine hohen Stiefel über den Kniehosen wie die Gefährten des Cid.

58,9 *Franken:* die Krieger des Grafen von Barcelona; die Franken hatten 801 Barcelona erobert und dadurch die 795 geschaffene Spanische Mark erweitert und gefestigt.

58,24 *Colada:* wahrsch. nach dem feinsten Gußstahl (span. *acero colado*), aus dem das Schwert geschmiedet war.

59,17 *von euch mit den schlechten Hosen:* wörtliche Übersetzung von altspan. *malcalçados* (vgl. Anm. zu 57,25).

63,9 *Salzmeer:* kein Eigenname, sondern nur Anspielung auf den Salzgehalt des Mittelmeeres.

63,12 *Jérica:* Ortschaft etwa 50 km nordwestlich von Valencia.

63,13 *Almenar:* heute *Almenara,* Ortschaft etwa 40 km nordwestlich von Valencia.

Onda: Ortschaft etwa 55 km nördlich von Valencia.

63,14 *Burriana:* Ortschaft etwa 50 km nordöstlich von Valencia.

63,19 *Murviedro:* Stadt etwa 25 km nordöstlich von Valencia.

66,22 *Cebolla:* Ortschaft etwa 18 km nördlich von Valencia.

66,35 *Cullera:* Ortschaft etwa 25 km südlich von Valencia.

66,36 *Játiva:* Ortschaft etwa 50 km südwestlich von Valencia.

67,1 *Denia:* Ortschaft etwa 75 km südwestlich von Valencia.

67,4 *Benicadell:* Ortschaft etwa 70 km südwestlich von Valencia.

67,21 *Huertas:* fruchtbares Acker- und Gartenland um Valencia.

68,5 *König von Marokko:* Yusuf ibn Tašfin (s. Anm. zu 90,21).

68,7 *den vom Weißen Berge:* unbekannter Herrscher; mit »Weißer Berg« (Weißen Bergen) ist wahrsch. das Atlasgebirge gemeint.

68,14 *Monreal:* s. Anm. zu 50,18.

68,15 *Navarra:* altspanisches Königreich im Norden der Pyrenäenhalbinsel.

70,4 *Alcázar:* Bezeichnung für spanische Burgen oder Schlösser, besonders maurischen Ursprungs.

70,8 *König von Sevilla:* namentlich nicht zu bestimmender Herrscher; in Wirklichkeit hatte Sevilla zu dieser Zeit, d. h. 1094, keinen eigenen König, sondern unterstand seit 1091 König Yusuf von Marokko, der seinen Schwiegersohn Abu-Beker, den Eroberer von Sevilla, als Befehlshaber der Stadt eingesetzt hatte (vgl. Anm. zu 125,1).

70,14 *Gärten vor den Toren:* die Huertas (s. Anm. zu 67,21).

70,20 *Júcar:* Fluß, der bei Cullera ins Mittelmeer mündet.

73,27 *San Pedro:* s. Anm. zu 16,3.

73,34 *Jerónimo:* urkundlich als Bischof der südfranzösischen Grafschaft Périgord bezeugt; eine gelehrte Abenteurernatur, wurde er im Cid-Epos als Bischof von Valencia eingesetzt.

75,10 *Sahagún:* Stadt etwa 110 km westlich von Burgos.

75,12 *Carrión:* Stadt etwa 70 km westlich von Burgos; Geburtsort der Schwiegersöhne des Cid, der zwei Infanten (s. Anm. zu 78,9).

76,7 *Castejón:* heute *Castellón de la Plana,* Ortschaft etwa 70 km nordöstlich von Valencia; nicht identisch mit dem S. 27 genannten Castejón.

76,30 *Isidoro:* Isidoro von Sevilla (um 565–636); vielseitiger gelehrter lateinischer Schriftsteller, Bischof von Sevilla, verdient um die Erhaltung des antiken Bildungserbes und maßgeblich beteiligt an der Festlegung der spanischen Kirchenordnung.

76,36 *Ordóñez:* s. Anm. zu 3,12.

78,9 *die zwei Infanten:* Fernando und Diego González, die Söhne des Grafen Gonzalo Ansúrez und Neffen des Grafen Pedro Ansúrez aus dem Geschlecht der Vani-Gómez (s. Anm. zu 178,14), zwischen 1094 und 1105 urkundlich am Hofe König Alfonsos VI. bezeugt; die Hochzeit mit den Töchtern des Cid und die daran anknüpfenden Ereignisse sind dagegen dichterische Erfindung.

78,30 *Medina:* heute *Medinaceli,* Stadt am Jalón, etwa 170 km südöstlich von Burgos.

82,14 *Gustioz:* s. Anm. zu 43,21.
Per Bermúdez: s. Anm. zu 36,28.

82,15 *Antolínez:* s. Anm. zu 9,12.

82,21 *Santa María:* Santa María de Albarracín, Ortschaft etwa 110 km südöstlich von Medina.

82,23 *Abengalbón:* in einer arabischen Chronik bezeugter maurischer Befehlshaber von Molina (s. Anm. zu 50,24).

83,7 *Bronchales:* Ortschaft etwa 12 km nordwestlich von Santa María de Albarracín.

84,1 *Mata de Taranz:* identisch mit dem Feld von Taranz (s. Anm. zu 33,15).

84,4 *Arbujuelo:* Ortschaft oder Fluß; das Tal liegt etwa 10 km südöstlich von Medina.

88,8 *Babieca:* viell. vom Dichter auf das Streitroß des Königs von Sevilla übertragener Name des Pferdes des Cid, den ihm dieser nach der *Crónica particular del Cid* gab, weil er von seinem Taufpaten *babieca* ›Dummkopf‹ genannt worden war, als er ein räudiges Fohlen zum Reittier gewählt hatte; möglicherweise ist der Name auch von altspan. *babear* ›schäumen‹ abgeleitet.

89,26 *Holzgerüste:* span. *tablados,* in den Turnierschilderungen der altspanischen Chroniken oft erwähnte Aufbauten, gegen die die Reiter anstürmten, um sie mit ihren Lanzen umzustürzen.

90,21 *Júcef:* eigtl. Yusuf ibn Tašfin, König von Marokko 1061–1106; Führer der maurischen Dynastie der Almoraviden.

93,5 *Sankt Marien:* die Kathedrale von Valencia.

93,30 *Salvadórez:* s. Anm. zu 28,4.

95,14 *Cuarto:* häufiger spanischer Ortsname; hier bezeichnete er urspr. den vierten (*cuarto*) Meilenstein auf dem Wege von Valencia nach Kastilien.

101,4 *Sierra:* die Gebirgskette von Guadarrama im Norden von Madrid.

101,9 *Valladolid:* die Hauptstadt Altkastiliens, etwa 165 km nordwestlich von Madrid.

101,27 *García:* García Ordóñez (s. Anm. zu 3,12).

102,33 *Ordóñez:* s. Anm. zu 3,12.

108,36 *León:* altspanisches Königreich mit gleichnamiger Hauptstadt im Nordwesten der Pyrenäenhalbinsel; zur Zeit des Cid zusammen mit Kastilien unter der Herrschaft Alfonsos VI.
Galicien: altspanisches Königreich im äußersten Nordwesten der Pyrenäenhalbinsel.

109,14 *Muños:* s. Anm. zu 43,23.

110,33 f. *und die Gräser auf dem Felde faßte er mit seinen Zähnen:* Ausdruck tiefer Unterwürfigkeit.

111,32 *Díaz:* Álvar D. (gest. 1111), Schwager von García Ordóñez, Gegner des Cid, urkundlich zwischen 1068 und seinem Todesjahr bezeugt; 1073–1107 Befehlshaber von Oca (s. Anm. zu 157,30).

113,9 *Doña Sol, Doña Elvira:* im altspanischen Original stets in umgekehrter Reihenfolge genannt; vom Dichter erfundene Namen für die Töchter des Cid, die in den geschichtlichen Quellen Cristina und María Rodríguez heißen. Cristina, die ältere, war vermählt mit Don Ramiro von Monzón, dem Infanten von Navarra, María, die jüngere, mit Ramón Berenguer III. (s. Anm. zu 56,5).

114,6 ff. *Hier und jetzt, in meine Hände nehm Elvira, Euer Kind, ich ...:* sinnbildliche Ausdrucksweise, denn die Töchter des Cid waren ja in Valencia geblieben; erst Álvar Fáñez wird sie im Namen des Königs den Infanten übergeben (vgl. S. 115 und 117–120).

117,12 f. *Don Fernando ... Don Diego:* die zwei Infanten von Carrión (s. Anm. zu 78,9).

117,14 *Gustioz:* s. Anm. zu 43,21.
Per Bermúdez: s. Anm. zu 36,28.

117,18 *Asur González:* ein älterer Bruder der Infanten von Carrión.

121,29 *Gonzalo:* Gonzalo Ansúrez, der Vater der Infanten von Carrión.

124,32 *Feld, genannt »de Cuarto«:* s. Anm. zu 95,14.

125,1 *Búcars:* Gemeint ist höchstwahrsch. der Almoraviden-Feldherr Abu-Beker, der Schwiegersohn König Yusufs von Marokko; die Geschichtsquellen wissen nichts von seinem Angriff auf Valencia und seinem Tode durch den Cid, den er in Wirklichkeit überlebte (vgl. Anm. zu 70,8).

130,36 *Tizón:* von span. *tizón* ›Feuerbrand‹; das »brennende«, »blitzende« Schwert; die spätere Namensform *Tizona* wurde zur allgemeinen Bezeichnung für Schwert, Degen.

135,20f. *Cid, das andere bedenket, denn das unsre ist gesichert:* viell. Anspielung auf die Beute oder im Sinn von »Cid, kümmert Euch um Eure Sache, die unsere ist gesichert«.

137,23 *die beiden Schwerter:* Colada und Tizón (s. Anm. zu 58,24 und 130,36).

139,27 *Félez:* Félez Muñoz (s. Anm. zu 43,27).

141,1 *Albarracín:* Santa María de Albarracín (s. Anm. zu 82,21).

141,15 *Luzón:* Ortschaft etwa 100 km nordwestlich von Molina.

141,18 *Ansarera:* Ortschaft etwa 5 km südöstlich von Medina.

142,35 *den Fluß:* den Jalón (s. Anm. zu 33,30), an dem Ansarera liegt.

143,11 *Montesclaros:* Gebirgszug etwa 20 km nordwestlich der Sierra de Miedes.

143,13 *Griza:* heute unbekannte Ortschaft nordwestlich der Montesclaros, etwa 40 km südwestlich von San Esteban de Gormaz.

143,14 *Álamos:* historisch nicht bezeugter Bewohner von Griza.

143,16 *Elpha:* Frauenname; offenbar Anspielung auf eine heute unbekannte Lokalsage.

143,19 *Eichenwald von Corpes:* etwa 25 km westlich von San Esteban de Gormaz.

144,21 *für den Löwen in Valencia:* Anspielung auf die Episode mit dem ausgebrochenen Löwen (vgl. S. 123f.).

148,15 *Turm Doña Urracas:* altspan. *Torre de don Urraca,* Ortschaft etwa 12 km westlich von San Esteban de Gormaz.

148,19 *Diego Téllez:* nicht näher bekannter Gefolgsmann von Minaya Álvar Fáñez.

149,32 *Gormaz:* Festung am Duero, etwa 18 km südöstlich von San Esteban de Gormaz.

151,11 *Río d'Amor:* heute unbekannter Fluß oder Ort etwa 5 km östlich von San Esteban de Gormaz.

151,14 *Alcoceba:* heute unbekannte Ortschaft etwa 15 km südöstlich von San Esteban de Gormaz.

151,17 *Vadorrey:* heute unbekannte Ortschaft etwa 25 km südöstlich von San Esteban de Gormaz.

151,18 *Berlanga:* befestigte Ortschaft etwa 30 km südöstlich von San Esteban de Gormaz.

152,25 *Gustioz:* s. Anm. zu 43,21.

153,26 *Asturien:* altspanisches Königreich im Nordwesten der Pyrenäenhalbinsel, seit 1037 mit Kastilien vereinigt.

153,27 *die Stadt San Salvador:* Oviedo, die Hauptstadt Asturiens, etwa 30 km südlich der mittleren Nordküste Spaniens; ihre Kathedrale, die Basílica del Salvador, ist Christus, dem »Erlöser« (span. *Salvador*), geweiht.

153,28 *Santiago:* Santiago de Compostela, die berühmte nordwestspanische Wallfahrtsstadt in Galicien.

155,25 *Toledo:* 1087–1559 Hauptstadt Kastiliens.

156,7 *Muño:* Muño Gustioz (s. Anm. zu 43,21).

157,14 *García:* García Ordóñez (s. Anm. zu 3,12).

157,20 *Enrique:* Schwiegersohn Alfonsos VI.; Richter im Prozeß des Cid gegen die Infanten von Carrión.

157,21 *Ramón:* Graf von Galicien, Schwiegersohn Alfonsos VI. und Richter im Prozeß gegen die Infanten von Carrión; Vater Alfonsos VII., des Königs von Kastilien und León 1126–57, der sich 1135 zum Kaiser ausrufen ließ und in dessen Regierungszeit das Cid-Epos entstand.

157,23 *Bribón:* viell. auch *Birbón*; nicht näher bekannter Graf.

Fruela: Fruela (Froila) Díaz, Graf von León, wahrsch. ein Bruder Jimenas (s. Anm. zu 17,23), zwischen 1077 und 1110 urkundlich bezeugt.

157,29 *»Crespo de Grañón«:* »Krauskopf von Grañón«; Grañón etwa 50 km östlich von Burgos ist der Heimatort von García Ordóñez.

157,30 *Díaz:* s. Anm. zu 111,32.

Oca: altkastilische Grenzstadt etwa 35 km nordöstlich von Burgos.

157,31 *González:* s. Anm. zu 117,18.

157,32f. *Gonzal' Ansúrez ... Per Ansúrez:* Gonzalo A. und Pedro A. (s. Anm. zu 78,9).

159,26 *San Servando:* Kirche bei Toledo, durch den Tajo von der Stadt getrennt.

160,31 *Mal Anda:* in einer Urkunde von 1144 bezeugter Rechtsgelehrter.

160,33 *Galindo der Garcíaz:* s. Anm. zu 28,6.

166,7 *Pero:* Per Bermúdez (s. Anm. zu 36,28).

166,19 *Ramón:* Ramón Berenguer II., Graf von Barcelona 1076–96, mit Beinamen »der Brudermörder«, weil er 1082 seinen Bruder, den Grafen Ramón II., getötet hatte.

170,28 *Cabra:* s. Anm. zu 3,31; im Schloß von Cabra nahm der Cid García Ordóñez gefangen, als dieser den Maurenkönig von Granada gegen den Maurenkönig von Sevilla unterstützte.

175,12 *Ubierna:* Fluß bei Bivar, dem Heimatort des Cid, der dort einige Mühlen besaß; der Besitz einer Mühle war im spanischen Mittelalter ein herrschaftliches Vorrecht.

176,2 *Ojarra:* historisch nicht nachweisbarer Abgesandter des Infanten von Navarra.

176,3 *Íñigo Jiménez:* Abgesandter des Infanten von Aragón, bis 1129 als Günstling Alfonsos I., des Königs von Aragón 1104–34, historisch bezeugt; zur Vermählung der Töchter des Cid vgl. Anm. zu 113,9.

178,14 *Vani-Gómez:* auch *Beni-Gómez,* leonesisches Adelsgeschlecht aus Carrión (s. Anm. zu 75,12).

178,35 *Gómez der Peláyet:* wahrsch. Gómez Peláyez, der urkundlich bis 1135 bezeugte Sohn von Pelayo Gómez (gest. 1101) aus dem Geschlecht der Vani-Gómez; Anhänger der Infanten von Carrión.

181,13 *Zocodover:* noch heute bestehender Platz in der Innenstadt Toledos.

181,25 *Isidor:* s. Anm. zu 76,30; seine Reliquien sollen 1063 von Sevilla nach der Kirche San Juan in León, der Hauptstadt des gleichnamigen Königreiches, übergeführt worden sein.

182,37 *Alfonso von León:* Alfonso VI. war König von Kastilien und León.

188,1 *Martín:* Martín Antolínez (s. Anm. zu 9,12).

189,29 *Gonzalo der Assúrez:* Gonzalo Ansúrez, der Vater der Infanten von Carrión.

191,22 *an einem Pfingsttag:* im Jahre 1099.

195,4 *sechzig Fähnlein:* Gemeint sind sechzig Lanzenträger, deren Lanzen mit bunten Fähnchen geschmückt waren.

199,4 *Santa María:* die Kathedrale von Burgos.

Literaturhinweise

Ausgaben

Cantar de Mío Cid. Texto, gramática y vocabolario. 3 Bde. Hrsg. von Ramón Menéndez Pidal. Madrid 1908–11. [4]1964–69.

El Poema de Mío Cid. Hrsg. von Ramón Menéndez Pidal. Madrid 1913. [15]1980. (Clásicos Castellanos. 24.)

El Cantar de Mío Cid. Span./Dt. Übers. und eingel. von Hans-Jörg Neuschäfer. München 1964. (Klassische Texte des romanischen Mittelalters in zweisprachigen Ausgaben. 4.)

Poema del Cid. In Ausw. hrsg. von Alwin Kuhn. 2., verb. und erw. Aufl. von Ulrike Ehrgott. Tübingen 1970. (Sammlung romanischer Übungstexte. 31.)

Poema de Mío Cid. Hrsg. von Colin Smith. Oxford 1972. – Span. Ausg.: Madrid 1976.

Poema de Mío Cid. Hrsg. von Ian Michael. Manchester 1975. – Span. Ausg.: Madrid 1976. (Clásicos Castalia. 75.)

Cantar de Mío Cid. 2 Bde. Hrsg. von Jules Horrent. Gent 1982. (Ktemata. 6.7.)

Bibliographien

Über die laufende Forschung unterrichtet das jährlich erscheinende *Bulletin Bibliographique de la Société Rencesvals* (Paris 1958 ff.).

Sutton, Dona: The Cid. A Tentative Bibliography to January 1969. In: Boletín de Filología (Santiago de Chile) 21 (1970) S. 21–173.

Magnotta, Miguel: Historia y bibliografía de la crítica sobre el Poema de Mío Cid (1750–1971). Chapel Hill 1976.

Billick, David J.: A Checklist of Theses and Dissertations on the »Poema del Cid« and the Cid Legend. In: La Corónica 9 (1980) S. 172–176.

Simón Díaz, José: Manual de bibliografía de la literatura española. Madrid [3]1980. (Biblioteca Románica Hispánica. 3,47.) S. 111 bis 116. Nr. 2433–2573.

Sekundärliteratur

Alonso, Dámaso: Estilo y creación en el Poema del Cid. (1941.) In: D. A.: Obras completas. Bd. 2. Madrid 1972. S. 107–143.

Arens, Arnold: Zur Tradition und Gestaltung des Cid-Stoffes. Wiesbaden 1975.
Bandera Gómez, Cesáreo: El »Poema de Mío Cid«: poesía, historia, mito. Madrid 1969. (Biblioteca Románica Hispánica. 2,124.)
Bender, Karl-Heinz: Die christlich-maurischen Beziehungen im »Cantar de Mío Cid«. Eine Untersuchung zur Historizität und Rezeption des »Cantar«. In: Iberomania N.F. 2 (1980) S. 1–30.
Castro, Américo: Poesía y realidad en el Poema del Cid. In: Tierra Firme 1 (1935) S. 7–30. – Wiederabgedr. in: A. C.: Semblanzas y estudios españoles. Hrsg. von Juan Marichal. Princeton (N.J.) 1956. S. 3–15.
– La épica castellana. In: A. C.: La realidad histórica de España. Mexico 1954. S. 248–292. – Dt.: Die epische Dichtung Kastiliens. In: A. C.: Spanien. Vision und Wirklichkeit. Übers. von Suzanne Heintz. Köln/Berlin 1957. S. 253–300.
Chalon, Louis: L'histoire et l'épopée Castillane du moyen âge: le cycle du Cid, le cycle des comtes de Castille. Paris 1976. (Nouvelle bibliothèque du moyen âge. 5.)
Chasca, Edmund de: El arte juglaresco en el »Cantar de Mío Cid«. Madrid 1967. [2]1972. (Biblioteca Románica Hispánica. 2,101.)
Chiarini, Giorgio: Osservazioni sulla tecnica poetica del »Cantar de Mío Cid«. In: Lavori ispanistici. Ser. 2. Messina/Florenz 1970. S. 7–46.
Correa, Gustavo: El tema de la honra en el »Poema de Mío Cid«. In: Hispanic Review 20 (1952) S. 185–199.
Criado de Val, Manuel: Geografía, toponimia y itinerario del »Cantar de Mío Cid«. In: Zeitschrift für Romanische Philologie 86 (1970) S. 83–107.
Deyermond, Alan: Tendencies in Mío Cid Scholarship. In: »Mío Cid« Studies. Hrsg. von A. D. London 1977. S. 13–47.
Epalza, Mikel de / Guellouz, Suzanne (Hrsg.): Le Cid, personnage historique et littéraire. Anthologie de textes arabes, espagnols, français et latins avec traductions. Paris 1983.
Grossmann, Rudolf: Einleitung. In: Der Cid. Das altspanische Heldenlied. Übertr. von Fred Eggarter. Bremen 1968. S. V–XIX.
Horrent, Jules: Historia y poesía en torno al »Cantar del Cid«. Barcelona 1973.
Kienast, Walter: Zur Geschichte des Cid. In: Deutsches Archiv für Geschichte des Mittelalters 3 (1939) S. 57–114. – Wiederabgedr. (stark gekürzt) in: Europäische Heldendichtung. Hrsg. von Klaus von See. Darmstadt 1978. (Wege der Forschung. 500.) S. 321–335.

Kullmann, Ewald: Die dichterische und sprachliche Gestalt des »Cantar de Mío Cid«. In: Romanische Forschungen 45 (1931) S. 1–65.
Lacarra, María Eugenia: El »Poema de Mío Cid«. Realidad histórica e ideología. Madrid 1980.
López Estrada, Francisco: Panorama crítico sobre el »Poema del Cid«. Madrid 1982. (Literatura y sociedad. 30.)
Lorenz, Erika: Der altspanische Cid. München 1971. (Literatur im Dialog. 3.)
Menéndez Pidal, Ramón: La España del Cid. 2 Bde. Madrid 1929. 7 1969. – Dt.: Das Spanien des Cid. Übers. von Gerda Henning und Margarete Marx. 2 Bde. München 1936–37.
– En torno al »Poema del Cid«. Barcelona 1963. 2 1970.
Mettmann, Walter: Altspanische Epik. Ein Forschungsbericht. In: Germanisch-Romanische Monatsschrift 42 (1961) S. 129–153. – Wiederabgedr. (gekürzt) in: Europäische Heldendichtung. Hrsg. von Klaus von See. Darmstadt 1978. (Wege der Forschung. 500.) S. 309–320.
»Mío Cid« Studies. Hrsg. von Alan Deyermond. London 1977.
Neuschäfer, Hans-Jörg: Der selbstlose Held. Überlegungen zur Form der Idealität im Cid. In: El Cantar de Mío Cid. Übers. und eingel. von H.-J. N. München 1964. S. 7–22.
Petriconi, Helmut: Das Rolandslied und das Lied vom Cid. In: Romanistisches Jahrbuch 1 (1947/48) S. 215–232.
Pollmann, Leo: Das Epos in den romanischen Literaturen. Verlust und Wandlungen. Stuttgart 1966.
Smith, Colin: The Making of the »Poema de Mío Cid«. Cambridge 1983.
Spitzer, Leo: Sobre el carácter histórico del »Cantar de Mío Cid«. In: Nueva Revista de Filología Hispánica 2 (1948) S. 105–117. – Wiederabgedr. in: L. S.: Sobre antigua poesía española. Buenos Aires 1962. S. 9–25.

Nachwort

Fast neunhundert Jahre trennen den heutigen Leser von den Ereignissen, die in dem ältesten erhaltenen spanischen Heldenepos und zugleich Gipfelpunkt der altspanischen Epik, dem *Cid* (*Cantar* oder *Poema de Mío Cid*), berichtet werden. Doch wie der altenglische *Beowulf* (um 730), das altfranzösische *Rolandslied* (um 1095) und das mittelhochdeutsche *Nibelungenlied* (um 1200), so fesseln auch die Begebenheiten um Rodrigo (Ruy) Díaz de Bivar (Vivar) mit dem Beinamen »Cid« noch die Literaturfreunde unserer Zeit. Dabei beruhten bis ins späte 18. Jahrhundert hinein das Wissen um den Cid und die Beschäftigung mit seinem Leben und Wirken vornehmlich auf den Berichten der Chronisten, auf der *Primera Crónica General* um 1289, der *Segunda Crónica General* um 1344 und der *Crónica particular del Cid* aus dem 14. Jahrhundert, auf einer *Cantar de Rodrigo* oder *Las Mocedades de Rodrigo* (»Rodrigos Jugendjahre«) genannten Reimchronik des ausgehenden 14. Jahrhunderts, auf den Romanzen des 15. und zahlreichen Dramen des 16. und 17. Jahrhunderts. Das Cid-Epos wurde wahrscheinlich um 1140 von einem gebildeten mozarabischen, das heißt unter mohammedanischer Herrschaft lebenden christlichen, Spielmann (Juglar) aus der Gegend um Medinaceli zwischen Madrid und Zaragoza verfaßt. Erhalten ist es nur in einer einzigen Handschrift von Pero Abad (Per Abbat) aus dem Jahre 1307, die lange verschollen blieb und erst 1779 von Tomás Antonio Sánchez herausgegeben wurde. Heute wird die Handschrift in der Nationalbibliothek in Madrid aufbewahrt. Die neuere Forschung nimmt indessen an, das Epos sei von zwei Juglares verfaßt worden, von einem Spielmann aus San Esteban de Gormaz und einem späteren Spielmann aus dem nur achtzig Kilometer südöstlich gelegenen Medinaceli. Die Vermutung von den beiden Verfassern beruht auf dem Nebeneinander von ausgesprochener Geschichtstreue

einerseits und anachronistischen Zügen und erdichteten Einzelheiten anderseits. Unter einem Juglar (von lat. *ioculator* ›Spaßmacher‹) haben wir im spanischen Mittelalter ursprünglich einen Künstler zu verstehen, der von Berufs wegen sowohl höfische Kreise als auch auf Marktplätzen und in Wirtshäusern ein breites sensationsgieriges Publikum durch Wort, Musik und Schauspiel, aber ebenso durch Scharlatanerie, Taschenspielertricks, Akrobatik und Mimik unterhielt. Seine kulturgeschichtliche Rolle und sein gesellschaftliches Ansehen wuchsen in dem Maße, wie er selbst lyrische und epische Gedichte in der Volkssprache verfaßte und sie zu selbstkomponierten Melodien mit Begleitung von Streich- und Zupfinstrumenten (*vihuela, cedra, cítola*) vortrug. Die Namen dieser Spielleute blieben in der Mehrzahl, wie der des Dichters oder die der beiden Dichter unseres Cid-Epos, unbekannt. Ihre geographische und soziale Herkunft läßt sich meist nur aus den Eigenheiten ihrer Sprache erschließen.
Ein wichtiges Anliegen der Literaturgeschichte und zugleich ein Kriterium für die Einschätzung des Epos als Kunstwerk ist die Frage nach seiner Geschichtstreue. Im Falle des *Cid* sind wir in einer wesentlich günstigeren Lage als vergleichsweise im Falle des altfranzösischen *Rolandsliedes.* Letzteres behandelt Ereignisse, die sich rund dreihundert Jahre vorher zugetragen hatten, ersteres dagegen Begebenheiten, die nicht mehr als fünfzig bis sechzig Jahre zurücklagen. Ehe wir aber den geschichtlichen Hintergrund des Geschehens und der Entstehungszeit des Cid-Epos deutlich zu machen versuchen, sei zunächst der Handlungsverlauf selbst kurz skizziert.
In drei Teilen schildert der Dichter die Verbannung Rodrigos durch König Alfonso VI. von Kastilien und den Abschied des Helden von seiner Gattin, Doña Jimena, und seinen beiden Töchtern, Elvira und Sol. Wir lesen von seinen anfänglichen materiellen Nöten und seinen militärischen Erfolgen gegen die Mauren, deren Höhepunkt der Sieg des Campeadors, des »Kämpfers«, über König Júcef

(Yusuf) vor Valencia bildet. Wir erfahren von der Aussöhnung des Cid mit seinem König, von der Wiedervereinigung mit seiner Familie und von der Hochzeit seiner beiden Töchter mit den Infanten von Carrión. Das Epos berichtet von der Mißhandlung der Töchter des Campeadors durch ihre feigen und verräterischen Ehegatten im Eichenwalde von Corpes, von deren Bestrafung durch den königlichen Gerichtshof, von der Wiederherstellung der Ehre des Cid und der Vermählung seiner Töchter mit den Infanten von Navarra und Aragón.

Was ist nun aber über die historische Gestalt des Cid bekannt? Rodrigo Díaz wurde 1043 aus einem vornehmen kastilischen Geschlecht in Bivar nördlich von Burgos geboren. Sein Leben fiel in eine sehr bewegte Zeit, die sich am besten von der politischen, gesellschaftlichen und kulturellen Entwicklung der Pyrenäenhalbinsel her verstehen läßt. Wegen ihrer geographischen Lage ist die Halbinsel seit alters ein Schmelztiegel von Völkern und Kulturen gewesen. Die erste große nachweisbare Verbindung verschiedener Völker vollzog sich etwa vom 9. bis 6. Jahrhundert v. Chr. zwischen den Iberern, den ältesten geschichtlich bezeugten Einwohnern, die wahrscheinlich afrikanischer Herkunft waren, und den von Norden über die Pyrenäen gekommenen Kelten. Weniger nachhaltige Wirkung auf die Geschichte der Halbinsel hatten Handelsniederlassungen der Phönizier, Griechen und Karthager (Punier). In den beiden letzten Jahrhunderten v. Chr. wurde das Bevölkerungsbild durch die römische Besetzung verändert, die vor allem der Sprache ihr romanisches Gepräge verlieh. Nach dem Zusammenbruch des weströmischen Reiches (476) übernahmen bis zum 7. Jahrhundert germanische Völker, besonders die Westgoten, die politische Führung auf der Pyrenäenhalbinsel und ließen von ihrer Hauptstadt Toledo aus ein neues romanisch-gotisches Zusammengehörigkeitsgefühl entstehen. Nachdem aber 711 im Auftrage des Statthalters des Maghreb (Nordwestafrika), Musa ibn Nuṣair, das Heer des Berberführers Tarik die Westgoten unter ihrem letzten

König Rodrigo bei Jérez de la Frontera geschlagen hatte, wurde die Halbinsel in wenigen Jahren von den islamischen Eroberern besetzt. Nur Resten des christlichen Heeres und des Adels unter ihrem Anführer Pelayo gelang es, sich nach dem äußersten Norden, ins Kantabrische Gebirge, zurückzuziehen, von wo aus sie den Widerstandskampf fortsetzten. Die Mehrheit der christlichen Bevölkerung jedoch, Bauern und Handwerker, auch Geistliche, blieben in dem von den Mauren besetzten Gebiet. Den neuen Herren des Landes war auch gar nicht daran gelegen, die Besiegten auszurotten oder zum islamischen Glauben zu zwingen. Die christlichen Bewohner, die sogenannten Mozaraber, und die zum Islam übergetretenen, die Muladíes, waren willkommene Arbeitskräfte und Steuerzahler. Durch das jahrhundertelange Zusammenleben einer kulturell überlegenen mohammedanischen Minderheit und der christlichen Mehrheit bildete sich eine weitgehende gegenseitige Toleranz heraus, die zwar gelegentlich durch den Religionseifer christlicher Mönche nachteilig beeinflußt, aber erst im 11. Jahrhundert entscheidend gestört wurde. Bis dahin hatten die von Norden her durch die nach und nach entstandenen christlichen Reiche Galicien, Asturien, León, Kastilien, Navarra, Aragón und Katalonien eingeleiteten Rückeroberungsbestrebungen, die sogenannte Reconquista, ausschließlich politischen Charakter. Begünstigt wurden die Erfolge der christlichen Herrscher durch Uneinigkeit im Maurenreich, die ihren deutlichsten Ausdruck in dem Ende des westlichen Kalifats von Córdoba (1031) und dem Zerfall der politischen Zentralgewalt in zahlreiche selbständige Teilstaaten, die Taifas, fand, unter denen Sevilla im Süden und Zaragoza im Nordosten die mächtigsten waren. Als aber die Taifas dem wachsenden Druck der Reconquista nicht mehr standhalten konnten, riefen sie den Sultan von Marokko, Yusuf, den Führer der Dynastie der Almoraviden, zu Hilfe, der die Schwäche der islamischen Fürsten ausnützte und sich zum Alleinherrscher machte (1086–1106). Sein religiöser Fanatismus auf der einen und die Kreuzzugsideologie der christlichen Geistlichkeit auf der anderen Seite stempelten die Reconquista zu Glaubenskämpfen, die auch nach dem Sturz der Almoraviden (1147) gegen die sie ablösende berberische Dynastie der Almohaden bis zur Niederlage der Mauren bei Navas de Tolosa (1212) fortgeführt wurden. Mit dem 13. Jahrhundert setzte dann die endgültige Rückeroberung und Rechristianisierung der Pyrenäenhalbinsel ein, die ihren Abschluß mit dem Fall der letzten maurischen Bastion, des Königreichs von Granada, im Jahre 1492 fand.

Der Wechsel von Zeiten partikularistischer Bestrebungen und politischer Einheit war indessen nicht auf die Mauren beschränkt. Auf christlicher Seite machten sich Galicien, Asturien, León, Navarra, Kastilien und Aragón wiederholt die Führung streitig. Unter Ferdinand I. (1037–65) ging die Vormachtstellung an Kastilien über. Dieser Herrscher kämpfte als erster erfolgreich gegen die islamischen Taifas. Nach seinem Tode wurde das Reich geteilt und fiel an seine drei Söhne: Kastilien an Sancho II. (1065–72), den Lehnsherrn Rodrigos de Bivar, León an Alfonso und Galicien an García. Aus einem unheilvollen Bruderstreit, in dessen Verlauf Sancho ermordet wurde, ging Alfonso VI. als Alleinherrscher von Kastilien und León (1072–1109) hervor. Den Höhepunkt seiner militärischen Erfolge über die Mauren bildete die Einnahme von Toledo 1085, doch setzte der erwähnte Einfall der Almoraviden unter Yusuf im folgenden Jahre seinem Vordringen ein Ende. Der Kriegsruhm gebührte seitdem seinem mächtigsten Vasallen, Don Rodrigo de Bivar, der 1094 Valencia in seine Gewalt brachte. Nach dem Tode des Cid (1099) und Alfonsos VI. (1109) trat Kastilien noch einmal politisch in den Vordergrund unter Alfonso VII. (1126–57). Beim Zusammenbruch der Herrschaft der Almoraviden nutzte er die Gunst der Stunde und drang nach Andalusien vor, unterlag aber den neuen mohammedanischen Eroberern, den Almohaden, die die islamische Einheit im Süden wiederherstellten. Um die Mitte des 12. Jahrhunderts errang Aragón die Vorherrschaft unter den christlichen Reichen, die erst gut dreihundert Jahre

später durch die Heirat der Katholischen Könige Ferdinand von Aragón und Isabella von Kastilien 1469 zur politischen Einheit gelangen sollten.
Neben der politischen Lage interessieren uns im Zusammenhang mit dem *Cid* auch die gesellschaftlichen, ökonomischen und kulturellen Verhältnisse des ausgehenden 11. und der ersten Hälfte des 12. Jahrhunderts auf der Pyrenäenhalbinsel. Die gesellschaftliche Struktur des christlichen Spanien des Mittelalters ist durch den Maureneinfall und die Reconquista entscheidend bestimmt worden. Das an die Stelle des Wahlkönigtums getretene Erbkönigtum hatte die Monarchie gegenüber dem Adel gestärkt, der durch die maurische Eroberung ohnehin reduziert war. Die Reconquista hatte umfangreiche Ländereien in der Hand des Königs vereinigt. Die Teilnahme an den Feldzügen wurde mit der Verleihung des eroberten Landes und mit Adelsrechten, Privilegien und Abgabenfreiheiten belohnt. Lehen und Schenkungen an Adlige und Kirchen führten im 10. und 11. Jahrhundert zur Bildung eines ausgedehnten Großgrundbesitzes, zu einer Aristokratie, die zur Gefahr für die königliche Autorität werden konnte. Der König mußte auf die Geistlichkeit, die in der Reconquista einen Kreuzzug gegen die Ungläubigen sah, und auf die Aristokratie, das heißt auf den großgrundbesitzenden Hochadel, die sogenannten Ricoshombres, und auf den aufsteigenden niederen Adel, die Infanzones oder Hidalgos, weitgehend Rücksicht nehmen. Andererseits stärkte die durch das Nebeneinander christlicher und maurischer Reiche auf der Pyrenäenhalbinsel gegebene besondere Lage die Stellung des Monarchen. Der christliche Adel konnte sich seinen Verpflichtungen gegen den König, seinen obersten Lehensherrn, nicht entziehen. Das Vasallenverhältnis war in Kastilien zur Zeit des Cid durch starke Gegenseitigkeit gekennzeichnet. Der Adlige mußte dem König zum Zeichen der Huldigung die Hand küssen und war ihm für das empfangene Lehen vor allem zum militärischen Gefolgsdienst verpflichtet. Der König als oberster Lehnsherr übte zwar die höchste Justiz über den Vasallen aus – seine

Ungnade führte im Falle des Cid bekanntlich zu dessen Verbannung –, war aber auch seinerseits dem Vasallen zur Treue und zu dessen Schutz verpflichtet und konnte ihm sein Lehen nicht ohne rechtliche Gründe entziehen. Die gesellschaftliche Struktur Spaniens zu Lebzeiten des Cid weist also ausgesprochen frühfeudalistische Züge auf. Der partikularistisch gesinnte Adel konnte sich infolge der allen christlichen Bevölkerungsschichten gemeinsamen Gegner, der Mauren, nicht so erfolgreich durchsetzen wie in anderen europäischen Ländern. Nicht unerwähnt bleiben darf allerdings, daß die kolonisatorischen Charakter tragende Reconquista nur von der christlichen Geistlichkeit als Glaubenskampf hingestellt wurde; wir wissen ja, daß sich auf der Pyrenäenhalbinsel eine weitgehende religiöse Toleranz zwischen Christen und Mohammedanern herausgebildet hatte. Die tieferen Ursachen der Reconquista waren territorialer und wirtschaftlicher Natur. Große Teile des hohen und niederen Adels, die durch Aufsplitterung der Lehen und häufige Erbteilungen ohne sichere Existenzgrundlage waren – Beschäftigung mit Handel und Gewerbe galt als nicht standesgemäß –, erblickten in der Teilnahme an den Kämpfen die einzige Möglichkeit, Land, Reichtum und Ansehen zu gewinnen. Die Bauern andererseits sahen darin eine Gelegenheit, dem wachsenden Druck der Feudalherren und der Verarmung zu entgehen. Der freiwillige Anschluß weiter Bevölkerungskreise an die militärischen Unternehmungen des erfolgreichen Cid sollte auch unter diesem Gesichtspunkt betrachtet werden.

In kultureller Hinsicht hatte Spanien im 10. Jahrhundert unter der maurischen Dynastie der Umayyaden von Córdoba sowie im 11. und 12. Jahrhundert in der Periode der Taifas und der sich anschließenden Epoche der Almoraviden einen ungeahnten Aufschwung genommen. Im Grunde war diese kulturelle Entwicklung eng mit der des mohammedanischen Nordafrika und des ostarabischen Reiches verbunden. Eine wichtige Rolle als Vermittler der islamischen Kultur in Spanien spielten Mozaraber und Juden, die sich

um die Übersetzung zahlreicher arabischer Werke der Philosophie, Geschichte, Technik und der Naturwissenschaften, besonders der Mathematik, Astronomie, Geographie, Medizin und Pharmazie, verdient gemacht haben. Weberei, Lederherstellung, Metallverarbeitung, Keramik, Holz- und Elfenbeinschnitzerei sowie Landwirtschaft und Gartenbaukunst erlebten eine Hochblüte, und an Zeugnissen der maurischen Architektur des 8. bis 14. Jahrhunderts bewundern wir noch heute die Umayyaden-Moschee in Córdoba, den Giraldaturm der Kathedrale von Sevilla, ursprünglich ein mohammedanisches Minarett, sowie den Sommerpalast Generalife und die Alhambra von Granada.
Als Alfonso VI., wie erwähnt, 1072 die Alleinherrschaft über Kastilien und León erlangte, gehörte Rodrigo Díaz zu den Adligen, die dem neuen König in der Kirche Santa Gadea in Burgos den Eid abnahmen, bei der Ermordung seines Bruders Sancho durch den Verräter Bellido Dolfos die Hand nicht im Spiele gehabt zu haben. Es ist ungewiß, ob dieser Schwur eine der Ursachen für das spätere mehrfache Mißverständnis zwischen dem Monarchen und seinem Vasallen gewesen ist. Zunächst scheint jedoch ein gutes Einvernehmen bestanden zu haben; denn Alfonso VI. gab Rodrigo seine Nichte Jimena, eine Tochter des Grafen Diego Rodríguez von Oviedo, zur Frau und übertrug ihm anstelle des Grafen García Ordóñez auch das hochangesehene Amt des Alférez real, des königlichen Bannerträgers, das er schon unter Sancho innegehabt hatte. Aus nicht klar ersichtlichen Gründen fiel Rodrigo aber beim König in Ungnade. Mißgünstige Kreise am Hofe bezichtigten ihn der Unterschlagung von Geschenken des Alfonso tributpflichtigen Maurenkönigs Almotámid von Sevilla und eines Teils der Kriegsbeute, die er García Ordóñez, der dem Maurenkönig von Granada gegen Almotámid zu Hilfe gekommen war, abgenommen hatte. Es heißt auch, Rodrigo habe eigenmächtig einen erfolgreichen Feldzug gegen Toledo unternommen und sich so die Gunst seines Königs verscherzt. Im Jahre 1081 wurde er jedenfalls verbannt. Er trat in den

Dienst des Maurenkönigs von Zaragoza, Moktádir, und, nach dessen Tode, in den seines Sohnes Mutamin. Im Kampf gegen dessen christliche Feinde, den König von Lérida und den Grafen von Barcelona, Ramón Berenguer II., den Rodrigo Díaz gefangennahm, erwarb er sich großes Ansehen auch bei seinen maurischen Kriegern, die ihm den Ehrentitel Cid (von arab. *sejjid* ›Herr‹) verliehen. Einer Aussöhnung mit König Alfonso im Jahre 1087 und der Rückkehr nach Kastilien folgten bald eine zweite Verbannung, Kämpfe gegen Lérida und eine abermalige Gefangennahme und Wiederfreilassung Berenguers von Barcelona, den er sich durch seine Großzügigkeit zum Freunde machte. Als Mutamin den Cid dem Maurenkönig von Toledo und Valencia, Alkádir, zu Hilfe sandte, eroberte Rodrigo das Küstengebiet von Valencia. Eine Belagerung Valencias durch Alfonso VI. beantwortete der Cid mit Angriffen auf Teile Kastiliens, besonders auf die Grafschaft Nájera seines Feindes García Ordóñez. Nach der Ermordung Alkádirs durch die von ihm aus Nordafrika zu Hilfe gerufenen Almoraviden im Jahre 1092 eilte Rodrigo nach Valencia und nahm es nach einer Belagerung von neunzehneinhalb Monaten 1094 in seinen festen Besitz. Es kam zu einer neuen Versöhnung Alfonsos mit seinem Vasallen, der weitere siegreiche Feldzüge nach Almenara und Murviedro nördlich von Valencia unternahm. Bis zu seinem Tode (1099) behauptete sich der Cid in Valencia und trotzte den Angriffen der Almoraviden unter König Yusuf. Drei Jahre später jedoch mußte Doña Jimena König Alfonso zu Hilfe rufen, der die in die Gewalt der Mauren geratene Stadt niederbrennen ließ. Die Gebeine des Cid wurden nach Burgos übergeführt und im Kloster San Pedro in Cardeña beigesetzt. In diesem Kloster verbrachte auch Doña Jimena die letzten Jahre ihres Lebens und wurde dort 1113 bestattet. Von den beiden Töchtern Rodrigos berichten die Geschichtsschreiber, daß die ältere, Cristina, mit dem Grafen Ramiro von Navarra, die jüngere, María, mit Ramón Berenguer III. von Barcelona verheiratet war.

Bei der Frage nach der Geschichtstreue eines Epos müssen wir natürlich die berechtigte Freiheit des Dichters berücksichtigen, die historische Vorlage um der künstlerischen Wirkung willen den veränderten gesellschaftlichen Verhältnissen und dem Geschmack seines Publikums entsprechend abzuwandeln, neu zu deuten, eine Auswahl aus der Fülle der Ereignisse zu treffen sowie literarische unhistorische Elemente in sein Werk aufzunehmen. So hatte etwa das altfranzösische *Rolandslied* die geschichtlichen Ereignisse des Jahres 778 zwar zugrunde gelegt, doch verändert: aus einem Gefecht der fränkischen Nachhut des Heeres Karls des Großen gegen die Basken im Pyrenäental von Roncevaux wurde ein Kampf der Christen gegen die Sarazenen, in dem Roland mit seinen Getreuen den Tod fand; die Kreuzzugsideologie des ausgehenden 11. Jahrhunderts wurde in anachronistischer Weise als eine Leitvorstellung auf Ereignisse des ausgehenden 8. Jahrhunderts übertragen.
Wie ist nun das Verhältnis von Geschichte und Dichtung im *Cid*? Zunächst ist davon auszugehen, daß die im altspanischen Epos besungenen Begebenheiten nur fünfzig bis sechzig Jahre zurücklagen. Die Heldentaten des Campeadors Rodrigo de Bivar waren noch in viel frischerer Erinnerung, und auch die gesellschaftlichen Bedingungen hatten sich zwischen 1081 und 1140 nicht wesentlich geändert. So ist es nicht verwunderlich, daß sich der *Cid*, wenn auch nicht völlig, so doch sehr stark durch Geschichtstreue auszeichnet. Ein Vergleich des Handlungsverlaufes des Epos mit der historischen Überlieferung zeigt einerseits eine weitgehende Übereinstimmung in den Hauptgestalten und den geographischen und chronologischen Daten, läßt anderseits aber die Abweichungen, Auslassungen und Zusätze, Vereinfachungen und Ausschmückungen, Verschiebungen der Maßstäbe und gewisse Idealisierungen klar erkennen. Durch diese Züge wird der *Cid* zu einem literarischen Kunstwerk. Es handelt sich dabei etwa um die Episode mit den beiden jüdischen Pfandleihern Raquel und Vidas, die Vermählung der Töchter des Cid mit den Infanten von Carrión, die

Löwenszene, die den Mut des Campeadors und die Feigheit seiner Schwiegersöhne veranschaulicht, die grausame Behandlung der Töchter des Cid durch ihre Ehegatten im Walde von Corpes, deren Verurteilung durch den königlichen Gerichtshof in Toledo. Man erkennt leicht, daß gerade diese Züge die für die Handlungsführung wesentlichen sind; denn die historischen Elemente, das heißt die Verbannung des Cid, seine Kämpfe im Exil, seine Versöhnung mit Alfonso VI., die Eroberung von Valencia, werden durch diese unhistorischen Episoden verknüpft und motiviert. »Dieser große und kunstvolle, dramatisch aufgebaute Handlungszusammenhang ist epische Phantasie. Auf ihm, nicht auf den kriegerischen Taten des Cid, liegt das ästhetische und psychologische Schwergewicht des Werkes« (Ernst Robert Curtius). Der Dichter konnte den geschichtlichen Kern aber nur insoweit abwandeln, als die Handlung des Epos dem realistischen Sinn seiner Hörer zumutbar, das heißt wahrscheinlich und glaubhaft, erschien. Zumutbar waren gewisse Idealisierungen des Helden, seine unwandelbare Treue zu seinem ungerechten Lehnsherrn, sein patriarchalisch gütiges Verhalten gegen seine Kampfgefährten, seine Freigebigkeit, seine Versöhnungsbereitschaft und seine Großmut gegen die besiegten Feinde. Zumutbar waren auch chronologische Vereinfachungen: das Epos erwähnt nur eine Verbannung des Cid statt zweier; die geschichtlichen Ereignisse werden von dreizehn auf drei Jahre reduziert. Und zumutbar waren auch Veränderungen der Maßstäbe: verhältnismäßig unbedeutende Kämpfe um Castejón und Alcocer werden zu Schlachten großen Ausmaßes. Der Dichter nahm einen historischen Stoff und formte aus ihm ein Kunstwerk, aber nicht wie der Verfasser des *Rolandsliedes*, der ein aristokratisch-konventionelles, feierliches Epos mit einem ins Überwirkliche gesteigerten, typisierten Helden schuf; der Dichter des *Cid* bot ein wirklichkeitsnahes Epos mit einem maßvoll idealisierten, glaubhaften Helden, der der Vorstellungswelt seiner christlich-mozarabischen Hörerschaft entsprach. Wenngleich eine Beeinflussung des spanischen Publikumsgeschmacks durch das französische Epos über den *camino francés,* das heißt durch die französischen Spielleute auf ihrem Wege nach dem nordspanischen Wallfahrtsort Santiago de Compostela, durchaus gegeben war – bezeichnend dafür sind typische stilistische, floskelhafte Parallelen –, so bleibt doch der Grundtenor der beiden Heldengedichte unterschiedlich.

Kommen wir nochmals auf eine dichterische Zutat in unserem Epos zurück, auf die Geschichte von Raquel und Vidas und den beiden Sandkisten, die ihnen Rodrigo Díaz gegen ein hohes Pfand hinterläßt. Diese aus der materiellen Notlage des Cid geborene List ist dem Dichter und seinem Helden oft als antisemitische Haltung ausgelegt worden; literarhistorisch gesehen liegt hier ein altorientalisches Märchenmotiv zugrunde. Man wird indessen einräumen müssen, daß mit dieser Episode ein antiheroisches Element in unser Epos gelangte, zu dem sich Américo Castro wie folgt äußert: »Die Vorbildlichkeit des epischen Helden bestand in einem Gewebe von Tugend und Sünde, von Religion und Weltlichkeit [...]. Bei der eigenartigen Gattung, der unser Epos angehört, verbindet sich die epische Melodie mit der prosaischen Begleitung; der Held wird als Held und zugleich in seiner unheroischen Intimität gesehen. Der Held des *Cantar* ›zuckte die Schultern und schüttelte das Haupt‹ mit erhabenem Hochmut; er zwingt den Löwen, sich in Schande zu demütigen, und er erscheint am Königshof in all seinem Glanz und seiner Würde. Doch dieser selbe Held betrügt wie ein berufsmäßiger Schwindler zwei Juden, die seinem Ehrenwort vertrauen [...].« Diese Einschätzung macht deutlich, daß der Cid bei aller Idealisierung als treuer Vasall, erfolgreicher christlicher Feldherr, stolzer, aber auch maßvoller Sieger, treusorgender Gatte und Vater doch auch ein Mensch mit menschlichen Schwächen war, die ihn den Zuhörern des Spielmannes vielleicht um so sympathischer gemacht haben. Die Frage liegt nahe: Hat der Dichter ein allzu schmeichelhaftes Bild von seinem Helden entworfen? Für Rudolf Grossmann ist der historische Cid eine »in jeder

Hinsicht dokumentarisch untermauerte Condottieregestalt, [...] ein rauher, ungeschliffener, hartherziger Freischarenführer, grausam gegen die belagerten Mauren, skrupellos in der Wahl seiner Mittel. Das Epos stempelt ihn zum freigiebigen Idealhelden, im Herzen königstreu, ritterlich und gutmütig gegen die bedrängten Mauren.« Der heutige Leser wird sich bewußt sein müssen, daß das Epos vom Cid bei aller Geschichtstreue ein idealisiertes Bild von seinem Helden und seinem Gegenspieler Alfonso VI. entwirft, das dem Publikumsgeschmack des spanischen 12. Jahrhunderts entsprach.

Es ist verständlich, daß Leben und Wirken einer historischen Persönlichkeit vom Range des Campeadors Rodrigo Díaz de Bivar und daß ein Epos, das diese zu seinem Helden erwählt hat, keine einheitliche Beurteilung, weder im christlichen noch im maurischen Lager, gefunden, sondern eine sehr geteilte Aufnahme erfahren haben. Die Kritiker spalteten sich in Cid-Freunde (Cidófilos) und Cid-Gegner (Cidófobos) in verschiedenen Abstufungen. Vorbehaltloser Anerkennung begegnen wir natürlich bei dem ersten Cidófilo oder, wenn wir mit Ramón Menéndez Pidal von zwei Dichtern ausgehen dürfen, bei den ersten beiden Cidófilos, den Verfassern des Epos vom Cid. Die ersten Cidófobos waren die arabischen Geschichtsschreiber Ben Bassam und Ben Alcama (beide um 1110), deren abwertendes Urteil über den historischen Cid sich aus der Verbitterung über die Niederlage der Mauren erklärt. Es ist hier nicht der Ort, eine chronologisch geordnete literarhistorische Übersicht über das Ja oder Nein zum Cid zu geben. Der interessierte Leser findet eine ausführliche Darstellung in Menéndez Pidals Buch *Das Spanien des Cid.* Jedenfalls ergeben sich aus einer aufmerksamen Lektüre und Einschätzung des Cid-Epos eine Reihe von Fragen, die hier nicht alle bündig beantwortet, aber wenigstens angedeutet werden sollten. Im Mittelpunkt steht das Problem des Verhältnisses zwischen Alfonso VI. und dem Cid, also des Verhältnisses zwischen Lehnsherrn und Lehnsmann, zwischen König und Vasallen.

Eng damit verknüpft sind die Frage nach der Ehrauffassung des Campeadors und die Frage, ob Alfonso VI., der seinen Gefolgsmann verbannte und damit den Anstoß zum Handlungsablauf des Epos gab, ein guter oder schlechter König war. Der Meinungsstreit über diese Frage entzündet sich bereits an der Deutung des Verses: »Welch ein edler Held! O Schöpfer! Hätte der nur einen Herren, auch so edel wie der Lehnsmann!« Die neuere Forschung vertritt mit Edmund de Chasca die Auffassung, der Cid sei von Anfang an als mustergültiger Vasall anzusehen, Alfonso VI. hingegen könne nicht uneingeschränkt ein vollkommener König genannt werden. Die Güte des Königs sei relativ, die des Cid absolut. Der Vasall war nach seiner Verbannung gemäß dem gültigen Lehnsrecht seinem Lehnsherrn nicht mehr zur Treue verpflichtet. Für ihn bedeutete die Verbannung Entehrung. Dennoch zielte das ganze Streben des Cid nicht auf Rache, sondern auf Versöhnung mit seinem König, auf Wiedergewinnung seiner Ehre ab. Rodrigo ist am Ende moralischer Sieger über seinen Herrn. Menéndez Pidal erklärte Alfonsos anfangs feindselige Haltung damit, daß das spanische Königtum im 11. und 12. Jahrhundert unter dem unheilvollen Einfluß von Intriganten aus den Reihen des Hochadels stand. Diese Kreise stellten eine Gefahr für das soziale Leben in Spanien dar. Wir möchten hinzufügen, daß in Alfonsos versöhnlicher Haltung am Schluß wohl weniger eine charakterliche Läuterung als vielmehr Einsicht in die politische Notwendigkeit zu sehen ist: der König brauchte in seiner militärischen Auseinandersetzung mit dem überlegenen Almoraviden-Fürsten Yusuf den starken Arm seines erfolgreichsten Feldherrn.

Rodrigo Díaz de Bivar lebte in einer Zeit toleranten Verhaltens zwischen Christen und Mauren, zugleich aber in einer Zeit kriegerischer Begegnungen zwischen beiden Lagern, die unter dem Begriff Reconquista zusammengefaßt werden. Wir wissen einerseits, daß sich der Cid zum Maurenkönig von Zaragoza ins Exil begab und auf seiten der Mohammedaner gegen christliche Heere kämpfte. Andererseits ist uns bekannt, daß er den Almoraviden eine Entscheidungsschlacht lieferte, um Valencia für das Christentum zu erobern. Diese Tatsachen legen die Frage nahe, ob sich Rodrigo Díaz als christlicher Held fühlte, ob er ein christliches Sendungsbewußtsein hatte. Die Meinungen der Wissenschaftler gehen darüber weit auseinander. Es ist richtig, daß im *Cid* die Mauren nicht mit dem gleichen Haß und den gleichen Schmähungen verfolgt werden wie im altfranzösischen *Rolandslied.* Es ist aber fraglich, ob man daraus verallgemeinernd auf ein Fehlen christlicher Handlungsimpulse im spanischen Epos schließen darf und die Beweggründe des Campeadors allein in territorialen Eroberungen, Beutegewinn, Herrschaftsgelüsten und Wiederherstellung seiner Ehre sehen kann. Dem dürfte der Ausruf des Dichters nach der Einsetzung des Bischofs Jerónimo widersprechen: »Gott, wie groß war da der Jubel bei dem ganzen Christenvolke, daß die Stadt Valencia schließlich einen eignen Bischof hatte.« Der Ansturm der Almoraviden auf die Pyrenäenhalbinsel im Jahre 1086 bedeutete für die Christen wie für die schwachen maurischen Taifas eine viel zu große Gefahr, als daß sie sich im Epos nicht auch in einem religiösen Sendungsbewußtsein bei den christlichen Heeren und beim Cid niedergeschlagen haben sollte, wenn auch nicht so vordergründig wie im *Rolandslied.*

Wer eine umfassende Vorstellung vom Cid gewinnen will, wird auch das Bild berücksichtigen müssen, das sich aus den Chroniken, Romanzen und Dramen von ihm ergibt. Deshalb seien noch einige Worte zur europäischen Wirkungsgeschichte des Cid-Stoffes gesagt. Zu Beginn wurde schon auf die Prosafassungen in den Chroniken des 13. und 14. Jahrhunderts und auf die *Cantar de Rodrigo* oder *Las Mocedades de Rodrigo* genannte Reimchronik des 14. Jahrhunderts hingewiesen. Daß sich das Cid-Bild des *Cantar de Mío Cid* von dem des *Cantar de Rodrigo* so auffallend unterscheidet, erklärt sich aus der Verschiedenheit der gesellschaftlichen Struktur der Epochen, in denen die beiden Werke entstanden. Im 11. und 12. Jahrhundert waren alle Kräfte der

Nation auf die Auseinandersetzung mit den Mauren gerichtet; der Cid des *Cantar de Mío Cid* ist folglich königstreu und antiaristokratisch gezeichnet. Im *Cantar de Rodrigo* hingegen verliert die Cid-Gestalt die innere Beziehung zu den geschichtlichen Ereignissen; denn als sich im 14. Jahrhundert die Kämpfe unter den Feudalherren sowie gegen die Macht des Königs verstärkten, gewann die Gestalt Rodrigos selbstgefällig stolze, feudale, antimonarchistische Züge.
Die auf dem *Cantar de Mío Cid* und auf den *Mocedades de Rodrigo* fußenden Cid-Romanzen des 15. Jahrhunderts entwerfen ein uneinheitliches Bild von ihrem Helden: in der Liebesgeschichte zwischen dem jungen Rodrigo und Jimena und in der Schwurszene in der Kirche Santa Gadea in Burgos zum Beispiel ist der Cid der hochmütige, unnachgiebig stolze Ritter der *Mocedades;* in den Kämpfen um Valencia und vor dem königlichen Gerichtshof in Toledo hingegen ist er der hoheitsvolle, königstreue Vasall, wie wir ihn aus dem *Cantar de Mío Cid* kennen. Im Grunde bilden die Cid-Romanzen nur ein Glied in der langen Kette anonymer volksliedartiger Verserzählungen des 15. Jahrhunderts, die im 16. Jahrhundert in umfangreichen Sammlungen, den Romanceros und Cancioneros, erschienen. Neben dem Cid behandelten die historischen Romanzen des 15. Jahrhunderts andere geschichtliche und legendäre Gestalten der frühen spanischen Geschichte, aber auch Gestalten des Sagenkreises um Karl den Großen und König Artus. In der Frage nach der Herkunft dieser historischen Romanzen ging die Meinung der Gelehrten lange auseinander. Heute neigt man zu der Auffassung, die historischen Romanzen seien Reste oder Bruchstücke »zersungener« alter Heldenlieder, ein »episches Trümmerfeld«. Der Siegeszug der Romanze ist in Spanien bis in unsere Tage eigentlich nicht unterbrochen worden, wenn auch im 16. und 17. Jahrhundert die volkstümliche Ursprünglichkeit dieser Gattung einem humanistisch-lehrhaften Charakter Platz gemacht hat.
Im 17. Jahrhundert bemächtigte sich das spanische Drama mehrmals der Gestalt des Cid. Am bekanntesten wurde

Guillén de Castros Doppeldrama *Las mocedades del Cid, Las hazañas del Cid* (»Die Heldentaten des Cid«, 1618), das auf die Romanzen zurückgeht. Das Thema der *Mocedades* ist der Konflikt zwischen Liebe und Ehre, in dem sich Rodrigo und Jimena wegen eines Duells befinden, bei dem der Cid den legendären Grafen Lozano, Jimenas Vater, getötet hatte, um eine seinem Vater angetane Beleidigung zu rächen. Jimena kämpft nun zwischen der Liebe zu Rodrigo und der Pflicht, Rache für ihren Vater zu fordern. König Ferdinand I. löst den Gewissenskonflikt, indem er die beiden sich liebenden Kontrahenten vermählt. 1636 nahm der Franzose Pierre Corneille das Stück Castros zum Vorbild für sein berühmt gewordenes Drama *Le Cid,* in dem er den psychologischen Konflikt mit der Idee der Staatsräson verband. In Deutschland erwachte das Interesse am Cid in der Romantik. Aus dem Jahre 1803 stammt Herders Romanzenzyklus vom Cid (erschienen 1805), eine auf einer französischen Prosabearbeitung aus der zweiten Hälfte des 18. Jahrhunderts beruhende Nachdichtung der spanischen Romanzen. Die vier Teile der Dichtung handeln vom »Cid unter Ferdinand dem Großen, unter Don Sancho dem Starken, unter Alfonso dem Sechsten, dem Tapferen, und dem Cid zu Valencia und im Tod«. Im Jahre 1811 machten dann die Brüder Friedrich und August Wilhelm Schlegel das Cid-Epos in Deutschland bekannt. In England lenkte Robert Southey 1808 mit seiner *Chronicle of the Cid* das literarische Interesse auf das spanische Mittelalter. In Spanien schrieb Juan Eugenio Hartzenbusch das Drama *La jura en Santa Gadea* (»Der Schwur in Santa Gadea«, 1844), und noch zu Beginn unseres Jahrhunderts, in der Epoche des spanischen Modernismus, führte uns Manuel Machado in dem eindrucksvollen Gedicht »Kastilien« (»Castilla«, 1900) den Weg des verbannten Campeadors anschaulich vor Augen.

Alfred Thierbach

Inhalt